倉阪鬼一郎

JN157863

猫俳句パラダイス

GS
幻冬舎新書
448

まえがき

飼い猫の愛らしい姿を見て、「このような美しい生き物がそばにいてくれることの奇蹟と幸福」をしみじみと感じることがあります。猫という存在は、ときには生きがたい人生の何よりのなぐさめです。

そういったかわいい猫をバッグに忍ばせ、どこへでも連れていくことができれば、どんなにいいでしょう。現実の猫は狭いところに押しこめられて移動することを嫌いますからとても無理ですが、名案を思いつきました。

その答えが、本書です。

本書『猫俳句パラダイス』(「猫パラ」と略してください)には、愛らしい猫の俳句がたくさん詰まっています。「子猫パラダイス」「猫のからだ」「猫のしぐさ」「さまざまな猫たち」「猫がいる暮らし」「猫がいる風景—キャット・ミュージアム」に分類された表題句ばかりではありません。数百句にも上る引用句にもすべて猫が登場します。まさに猫だらけの俳句アンソロジーです。これだけの規模で猫俳句を集成した書物は前代未聞でしょう。

本書の分類に従って初めから普通にお読みいただければいいのですが、任意のページを指まかせに開けてお読みいただいてもいっこうにかまいません。どのページを開いても、愛らしい猫が現れますから。持ち運びができない生きている猫と違って、本書にひそむ猫たちは新書一冊分のスペースがあれば十分です。

それぞれの項目には、まず表題句があり、参考句がいくつか付されています。参考句は同じ作者の猫の句であることもあれば、テーマを同じくする別の作者の句であることもあります。神出鬼没の猫らしく、そのあたりはスタイルをはっきり決めずに執筆しました。

俳句シリーズの既刊『怖い俳句』『元気が出る俳句』では、俳人の紹介や俳句史の概説などにも折にふれて言及しましたが、本書では俳壇史的なバランスはまったく考慮しませんでした。無名の人でも、猫俳句を多く作った俳人は大きく扱っています。

「猫は好きだけれど俳句にはくわしくない」という読者が手に取られることを想定し、既刊よりも俳句の用語解説などに紙幅を費やし、できるだけわかりやすく書くことを心がけました。また、俳句の要諦についても随所で触れていますので、入門書としても使える内容に仕上がっていると思います。

猫には残酷な一面もあり、そういった部分を採り上げた俳句も多く作られていますが、本書ではマイナスイメージの作品はいっさい採りませんでした。『怖い俳句』の著者の本ですが、怖い猫の句は出てまいりませんので、そういったものが苦手な方も心安んじてページを開いていただければ幸いです。

いままで無数に作られてきた猫の俳句のなかから選りすぐってアンソロジーを一冊編むというのは、大海の水を手桶で掬《すく》うがごとき作業でしたが、なんとかこれだけのかわいい猫を集めることができました。

本の扉を開ければ、まるでキャッテリーか猫カフェのように猫たちが動きはじめます。どうか存分にお楽しみください。

猫俳句パラダイス／目次

第2章　猫のからだ

第4章　さまざまな猫たち　91

第5章　猫がいる暮らし

イラスト　フジワラヨウコウ

第1章 子猫パラダイス

子猫のかわいさ、これはもう反則のようなものです。そこにいるだけですべてが赦《ゆる》されてしまうのは、まさに子猫ならではの特権でしょう。まずは、愛らしい姿が目に浮かぶような子猫の句を集めてみました。

掌《てのひら》にのせて子猫の品定め

富安風生《とみやすふうせい》

猫好きの巨匠に幕開けをつとめていただきましょう。どの子猫を家の猫にするか、あれこれと迷っている時間は至福の時です。掌にのせてみると、子猫なりにそれぞれに表情があって、迷いだすときりがありません。

〈本にのる子猫をしかり可愛がる〉

「これこれ、だめだよ」という優しい声が聞こえるかのようです。第4章の「竈猫《かまどねこ》」という季語の発案者でもある俳人は、猫がすることなら何でもゆるしてしまいそうです。

〈雨を見て端居《はしい》顔《がお》なる猫可愛《かわい》〉

〈炭出しに出てもつき来る猫可愛〉

端居は縁側などで涼を求めてくつろぐ夏の季語。炭出しの句はいまならゴミ出しでしょうか。上の句と中の句が何であろうと、「猫可愛」でまとめれば愛すべき猫俳句になりそうです。

子猫ねむしつかみ上げられても眠る

日野草城《ひのそうじょう》

こちらも猫好きの巨匠です。

猫は寝るのがつとめのようなものです。つかみ上げられても「くかー」と寝たままの子猫の姿には癒されます。「子猫ねむし」の字あまりで大きく切れ（切れ＝サイレントは俳句の重要な構成要素です）、「眠る」の字足らずで締める技巧的な構成は才気煥発の作者ならではです。

〈猫の子のつくづく視られなきにける〉

この子は起きています。子猫を見ていると飽きないのでじっと視線を送っていると、「なんだにゃ」とばかりになきました。かわいいなき声が響いてくるかのようです。

〈猫の子が腋《わき》の下にて熟睡す〉

また寝ている猫に変わります。小さな寝息とあたたかさが伝わってくるような一句。寝ているのが子猫ですから、うっかり寝返りも打てませんね。

ペン擱《お》けば猫の子の手が出てあそぶ

加藤楸邨《かとうしゅうそん》

猫好きの巨匠が続きます。

その名も『猫』という猫俳句の選集が編まれているほどで目移りがしますが、「子猫パラダイス」にはまずこの句を。

原稿が一段落したところでペンを擱いたとたんに、子猫の手が伸びてちょいちょいと遊びはじめます。箸が転がっても笑う年頃と言いますが、子猫にとってみれば、動くものはみな猫じゃらしです。

〈猫が舐むる受験勉強の子のてのひら〉

子供と子猫のささやかな交歓です。ぺろっとなめたあとの子猫のきょとんとした表情が浮かんでくるかのようです。

〈恋猫となりしわが猫負けつづけ〉

人間探究派のまなざしは、猫の句にも息づいています。

猫の子がちよいと押へるおち葉哉《かな》

小林一茶《こばやしいっさ》

時代はさかのぼりますが、ペンの次は落ち葉をちょいと子猫がつかまえました。これも情景が見えるような手の動きです。

江戸期の俳人なら、まずは動物好きの一茶でしょう。

ほかにも、

〈猫の子のくるくる舞《まい》やちる木のは〉

〈蝶々を尻尾でなぶる小猫哉〉

などの子猫の句があります。小動物を見る一茶のまなざしは常にあたたかいです。

同じ蝶と子猫でも、

〈ねこの子のくんづほぐれつ胡蝶かな（宝井其角《たからいきかく》）〉

は、子猫の動きがいつのまにか羽ばたく蝶に変じてしまいます。「胡蝶の夢」の故事も踏まえた技巧的な句です。

スリッパを越えかねてゐる子猫かな

高濱虚子《たかはまきよし》

よいしょ、よいしょと子猫が一生懸命前へ進んでいます。しかし、子猫にとってみれば、スリッパとはいえ小山のような大きさです。越えるのは容易ではありません。いいところまで行ってもつるりとすべって元の場所へ戻ってしまったりします。

かわいい猫の動画はインターネットにたくさんアップされています。このスリッパを越えかねる子猫の様子も多くの再生回数を獲得しそうです。

花鳥諷詠（情感をこめて花鳥風月を詠むこと）の大立役者ですが、存外に多彩な句を詠んでいます。

〈寵愛《ちょうあい》の仔猫の鈴の鳴り通し〉

これも動画で観たい一句。子猫が楽しそうに動くたびに、小さな鈴が涼やかに鳴ります。子猫はすっかり気に入っているのか、鈴の音が止むことはありません。

藪の中に猫あまた居たり春暮るる

内田百閒《うちだひやっけん》

一連の猫エッセイ『ノラや』『クルやお前か』などでも有名で、溺愛していたノラという名の猫が失踪したときの嘆きようは狂気に近いものがありました。幸い戻ってきてくれましたが、私も猫探しのビラを配ったことがあります。飼い猫に失踪されたときの喪失感は何とも言えないものがありますね。

さて、百閒は『百鬼園俳句帖』などで知られる俳人の顔も持っていますが、短篇集『冥途』をはじめとする悪夢のような作品で評価されているのに「怖い俳句」は意外に見つからず、なにぶん愛想のない渋めの作風で「元気が出る俳句」もなく、やっとここで採ることができました。

とはいえ、猫のかわいさはちっとも前面に出ていないところがひねくれ者の百閒らしいところです。字あまりと子猫の多さがうまく響き合っていて、俳句としては上々の仕上がりです。

猫の子のすぐ食べやめて泣くことに

中村汀女《なかむらていじょ》

子猫にえさを与えたところ、食べだしてすぐやめてしまい、力のない声でなきはじめました。えさが合わなかったのか、それともほかにわけがあるのか、どうも猫の考えていることはわかりません。

〈猫の子の泣いて見上げてなぐさまず〉

「仔猫を拾ふ　二句」という詞書きがついたもう片方の句です。なぐさまないのはほかならぬ作者の心で、結局は見捨てるに忍びず、飼うことになりました。

〈口あけて一声づつの仔猫泣く〉

この句にはこんな詞書きが付されています。

「家猫コマに今年また子供生る、まことにも猫らしき顔の小さきものたちに、たちまち賑はしく、また心づかひ多くなりぬ」

心づかいが多くなると言いながらも、作者はとてもうれしそうです。

西もひがしもわからぬ猫の子なりけり

久保田万太郎《くぼたまんたろう》

鮮やかな技巧が息づいている子猫パラダイスの句です。

秀逸なのは上の句の字あまりとひらがな表記の巧みさです。これによって子猫のまだ頼りない感じがうまく伝わってきます。「西も東も分からぬ」と漢字を使ってしまうと骨格がしっかりと定まってしまうのです。もう推敲《すいこう》の余地がないことを俳句が「動かない」と言いますが、この句はもうこれで動きません。

〈猫のよく眠ることよの鰯雲《いわしぐも》〉

この句は切れ字としての「の」の使い方が秀逸です。体操の見たこともないエレガントなひねり技のようです。

〈仰山《ぎょうさん》に猫ゐやはるわ春灯《はるあかし》〉

京都の祇園で詠まれたこの句もきわめて技巧的です。土地の言葉も活かした本句では、猫と舞妓さんが巧みな二重写しになっているのです。

猫の子にどの子も声をかけてゆく

丸山南石《まるやまなんせき》

小学校の集団登校でしょうか。小さな子供たちが元気に歩いていきます。
「おはよう」と道行くどの子も声をかけているのは、道ばたにちょこんと座っている子猫です。なんともほほえましい光景で、子猫にも子供たちにも「大きくなるんだよ」と声をかけてあげたくなります。

このあたたかい句の作者には『猫神』という名の句集があります。

〈夢に見よ子猫のうちの倖せを〉

これも忘れがたい猫俳句です。子猫を見ているほうも倖せな気分になりますが、子猫にとってみてもいちばん倖せな時なのかもしれません。

〈子猫二匹落葉引張り合ひ遊ぶ〉

ここでも落ち葉が猫じゃらしと化しています。「わたしのよ」「わたしの」と引っ張り合うさまが目に浮かんできます。

洋洋の明日あれ猫の子なるとも

照屋《てるや》眞理子《まりこ》

子猫は将来、べつに偉くなったりはしません。ただの猫になるだけです。それでも、「洋洋の明日あれ」、病気をせずにずっと安楽な猫生《ねこせい》を送っておくれ、と祈りたくなるのが猫好きというものです。

〈この世にも少し慣れたかやよ子猫〉

句集『やよ子猫』（やよは呼びかけの声）には、猫好きなら思わずうなずくような句が多数収録されています。

〈猫の子のただ居て人を溶かす術《すべ》〉

まったくもってそのとおりです。子猫がそこにいるだけで、この世はパラダイスに変貌してしまうのです。

〈子猫にも選り好みある鈴の音〉

じゃあ、これはどうかしら、と鈴を付け替えてやる飼い主は実に楽しそうです。

仔猫らの逃げ場所となる書棚かな

いそむら菊《きく》

夫の磯村光生《いそむらこうせい》との共著に『句集　ねこ』があります。全部、猫俳句という楽しい一冊です。

猫は狭くて暗いところが大好きですから、書棚もお気に入りです。本の空いているところにちょこんと子猫が座っているさまは、なんともかわいいものです。本を入れる前のスライド書棚などは猫の恰好の遊び場です。

これは私事ですが、引っ越しの際に「猫がいなくなった！」と大騒ぎになったことがあります。よく探してみたら、臆病な猫はスライド式書棚の死角になる暗がりでふるえていたのでした。

〈永き日や猫はひたすら毛繕ひ〉

毛繕いをするとき、猫は飽きもせずひたすらわが身をぺろぺろします。永き日にふさわしい光景です。

れつきとした恋で生まれし仔猫かな

遠藤由樹子《えんどうゆきこ》

おそらく野良の子でしょう。血統書つきの由緒正しい猫ではありません。値段もつきません。

しかしながら、父猫と母猫のれっきとした恋で生まれた子猫なのです。胸を張って、しっぽをぴんと立てて、これからの猫生を歩んでいってほしい。そんな思いも伝わってくる句です。

〈明けてゆく海よ仔猫の声がする〉

夜明けの海辺に、子猫の声が響く。ただそれだけの光景ですが、これから明るくなっていくマクロな世界と、生まれたばかりの子猫のミクロな世界が印象深く重ね合わされています。ここでは一つのささやかな奇蹟が息づいています。

「明けてゆく海よ」「仔猫の声がする」と、中の句の途中で切った大胆な文体が功を奏しています。

仔猫いつまでも切り取り線の上

宮崎斗士《みやざきとし》

猫は紙の上が好きです。新聞を読んでいると、必ずと言っていいほどじゃまをしにきたりします。

これは雑誌でしょうか。子猫はすっかり切り取り線の上に落ち着いてしまって動こうとしません。まだ骨格がしっかりしていない子猫と、不完全な切り取り線がユーモラスに重なる巧みな句です。

〈東京水無月《みなづき》ただ白猫のはやさかな〉

これも技巧にうならされる句。高濱虚子の有名な流れゆく大根の葉の句（すべて猫俳句という縛りを入れてしまったため引用はできません）を踏まえているのですが、上の句の字あまりも実に巧妙です。

たしかな技巧に裏打ちされたリズミカルな言葉が、軽やかに疾走していく白猫の姿を浮かび上がらせています。

仔猫とて精いっぱいの逆毛かな

小沢昭一《おざわしょういち》

なかには気の強い子猫だっています。背中を丸め、毛を逆立て、「ふーしゃー」と精いっぱい怒ってみせても、なにぶん子猫ですからちっとも怖くはありません。ただひたすらかわいいだけです。

個性派の俳優兼タレントとして活躍した作者には、「変哲」と号する俳人の顔もありました。永六輔、江國滋などと東京やなぎ句会を結成し、多くの句を遺しています。

〈のら猫と別れがたきに暮れやすく〉

その芸風とも一脈通じるペーソスのある句が持ち味です。「なら、またな。元気でな」と声をかけてその場を去って振り返ると、猫の姿はもう夕闇になじんで見分けがたくなっています。

〈猫の子の名付け賑やか爺も子も〉

これは一転して楽しい光景。さて、子猫はどんな名をもらったのでしょう。

貰《もら》はれる籠《かご》深く啼く仔猫かな

大津《おおつ》信子《のぶこ》

ケージや籠などで運ばれるとき、猫はよく心細い声でなきます。動物病院へつれていくときなら、また家へ帰ってきますが、子猫を里子に出すときはもうこれでお別れですから、送り出すほうも何とも言えない気持ちになるものです。

これは私のささやかな体験ですが、庭で生まれたての子猫を三匹保護し、家の猫が五匹に増えたことがあります。さすがにこんなには飼えないので、そのうちの二匹を里子に出すことにしました。一匹は友人が引き取ってくれましたが、もう一匹は里親探しの会を介した面識のない方でした。これでもう永の別れかと思うと、ケージの中のなき声が心にしみたものです。

〈掃除機の鳴ればこはがる仔猫かな（加藤《かとう》三七子《みなこ》）〉

子猫には怖いものがたくさんあります。掃除機が鳴るたびにおびえている姿は気の毒ですが、なんとも愛らしいものがありますね。

第2章
猫のからだ

猫のからだ全体の動きやしぐさは次章に譲って、この章では体のパーツに着目してみました。

目、耳、しっぽ、爪、肉球、ひげ……。どのパーツを採り上げても、猫ならではのかわいさがありますね。

爪もあって仔猫は猫となりつつあり

長谷川《はせがわ》かな女《じょ》

「子猫パラダイス」からの橋渡しということで、まずはこのかわいい爪の句からまいりましょう。まだ頼りない子猫ですが、肉球にさわってみると、いっちょまえに爪が出てきました。たしかに猫になりつつあるようです。

作者は女流俳句隆盛の礎《いしずえ》を築いた俳人の一人。穏当な「爪もあり」ではなく、「爪もあつて」の字あまりを選択したところが才能です。「爪もあつて」のほうが子猫の爪がにゅっと出るさまが鮮やかに思い浮かびます。

〈猫の子の爪硬からず草若葉（富安風生）〉

この句も、子猫のまだ生えたばかりの爪に着目しています。同じような要素が一句に入ることを「付きすぎ」と称して避ける傾向が俳句にはあるのですが、この句の場合は、逆に効果を上げています。まだやわらかい子猫の爪と草若葉があたたかく響き合っています。

猫の子のもう猫の目をしてをりぬ　　仁平勝《にひらまさる》

これも「子猫パラダイス」からのつながりで、猫のパーツのなかでは最も印象深い目の句を。

生まれて間もない子猫は、果たしてこれが猫になるのかと怪しまれるほどの姿です。しかし、よくよく見ると、その目だけはまごうかたない猫のものです。

初めてキャッテリーさんへ子猫を見に行ったときのことを思い出します。母猫にくわえられたりしながら右往左往していた面妖な生き物は、たしかに目だけはもう猫の目をしていました。

〈仕舞屋《しもたや》のしまい忘れし猫の皿〉

仕舞屋とはもうあきないをしていない店のこと。店はやめてしまったけれども、猫は以前と同じように飼っているらしく、ぽつんとえさ皿が店先に置かれています。江戸の俳諧を想わせる、俳句の評論家としても知られる作者の小粋な一句です。

猫の目のまだ昼過《すぎ》ぬ春日《はるひ》かな

上島鬼貫《うえじまおにつら》

江戸の俳諧から、この謎めいた猫の目の句を。

いささか唐突ですが、忍者は何によって正確な時を把握していたのでしょうか。当時は軽量な腕時計や懐中時計などはありませんでした。にもかかわらず、忍者はかなりの精度で時間を認識していたのです。さて、その方法は何でしょう。

答えは、猫の目です。

日が移ろうにつれて、猫の瞳の大きさはだんだんに変わっていきます。それを見れば、いまが何時かおおよその察しがつくのです。この「猫の目時計」は忍書にも記されています。午前六時の六ツにはまるかった猫の目は、楕円形を経て、正午には針のような細い目になるのです。

だいぶ細くはなっているものの「まだ昼過ぬ」猫の目は、物憂げな春の日によく合っています。

緑陰《りよくいん》に黒猫の目のかつと金　川端茅舎《かわばたぼうしや》

とびきり鮮やかな猫の目です。

緑の樹木の陰に黒猫、ここまではいたって地味な配色です。しかし、この金色の目の鋭さはどうでしょう。ひと目で射抜かれてしまいそうな眼光です。

作者は高名な画家の川端龍子《りゆうし》の異母弟で、自らも洋画家を志していました。病弱のために画家になることはあきらめ、俳句に転向して頭角を現しましたが、なるほどと思わせる配色の妙です。

もう一つ注目すべきは、音の妙です。「緑陰に黒猫の目の」までは穏やかな音が続きますが、一転して「かつと金」で強い有気音が前面に出ます。これによって、猫の目から鮮やかな光が放たれるのです。

〈恋猫も蝶も通ひぬ朧《おぼろ》の道〉

これも絵画的な世界。「茅舎浄土」と呼ばれた至福の俳句世界です。

竹秋《ちくしゅう》やみひらきて猫青茶の目

森澄雄《もりすみお》

第6章にキャット・ミュージアムも設けましたが、せっかくですからもう一枚、印象深い猫の目の「絵」を紹介してみましょう。

この猫の青茶の目は、すきとおるような美しさです。竹秋は秋ではなく春の季語で、竹は晩春に黄色く変じ、そこだけ秋の風情を漂わせます。その竹を背景に、猫の涼やかな青茶の目が見開かれています。実に絵になる光景です。「みひらきて」をかなに開いて、「猫青茶の目」により焦点を当てる細かい心遣いは、さすがに大家の句です。

〈雪上の春の日にでて黒き猫〉

これも白と黒のコントラストが美しい句。ここでも焦点の猫のじゃまにならないように「でて」とさりげなくかなに開かれています。

〈白猫の通る夜ふけのさるすべり〉

こちらは白猫。通り過ぎたあとに、ふっとさるすべりの色が浮かぶかのようです。

猫族ノ猫目ノ銀ヲ懐胎《かいたい》ス

大井《おおい》恒行《つねゆき》

猫族のなかの一匹の猫、その目、さらにその瞳に宿る銀色、と徐々に焦点が絞られていき、狙いすました弾丸のように最後に鋭い光が放たれます。効果を上げているのはカタカナ表記です。「猫族の猫目の銀を懐胎す」では、目がおとなしすぎて光が放たれません。

〈黒猫を抱きし裸女《おんな》を抱きし宵〉

大正ロマンの香りもそこはかとなく漂わせるダンディな一句。黒猫にはエロスの世界がよく似合います。

〈素寒貧《すかんぴん》の街極彩色の猫でいる〉

どういう血の混じり方をしたのか、いやに派手な色合いの野良猫を見かけることがあります。寒々とした場末の町に、そんな猫は妙に似合います。極彩色の猫のような女性という解釈もできるでしょう。

日向ぼこする猫の目のとろけさう

石田《いしだ》榮子《えいこ》

いままでは鋭い目つきの猫でしたが、これは見ただけで心がなごむとろけそうな猫の目です。

日向ぼっこをしている猫の細くなった目は、まさにとろけそうで、どれほど気持ちがいいものかときどき代わってもらいたくなります。なでられてごろごろとのどを鳴らしているときも、こんな目つきになることがありますね。

〈お互ひに舐め合ふ猫ののどかなる〉

これものどかな光景です。仲良しの猫たちがお互いにぺろぺろと毛づくろいをしてあげています。ただ、仲良くしていたかと思ったら、急にケンカが始まったりするのですが。

〈繰り返す猫の一芸冬ぬくし〉

この一芸は「おすわり」でしょうか。うちの猫たちは一芸すらできないのでうらやましいかぎりです。

新涼や尻尾で話す猫と居て

伊藤眠《いとうみん》

しっぽも猫のかわいいパーツの一つです。機嫌が良ければぴんと立て、悪ければ物憂げに振ったりしますから、それを見ていれば猫と話をすることができます。

〈とりあへず猫ふところへ寒の入〉

猫はカイロの代わりになります。ふところへ入れなくても、ひざに乗せるだけで寒さをしのぐことができます。

〈物かげの猫の尾が呼ぶ冬木の芽（守屋明俊《もりやあきとし》）〉

しっぽに戻ります。猫の顔は物かげで見えませんが、冬木の芽を見つけて興味津々のようです。「これは何かにゃ？」と見つめている猫の様子はしっぽの動きでわかります。

〈子猫の尾見ゆる障子の隙間かな（鈴木鷹夫《すずきたかお》）〉

これは「子猫パラダイス」の拾遺。まだ頼りない子猫のしっぽがのぞいているかわいい光景です。

猫の髭にミルクの雫《しずく》麦の秋

金子敦《かねこあつし》

　ひげも猫にはなくてはならないパーツです。アンテナの代わりをつとめますから、ひげがなければ猫は手も足も出なくなってしまいます。
　ミルクを一生懸命飲んだあとの猫のひげに、雫が一滴だけついたままになっています。麦の秋は夏の季語。ミルクの雫をつけた猫のひげと、日の光を受けて悦ばしく輝く麦の穂とが鮮やかな二重映しになっています。いかにも猫好きの俳人らしい細かな観察と見立てです。

〈恋猫の髭のいつぽん折れてをり〉

　これも観察の一句。猫のひげはどんないきさつで折れてしまったのでしょう。

〈恋猫が古き手紙の束を嗅ぐ〉

　恋猫からもう一句。この古い手紙の束は捨てることにしたラブレターでしょうか。想像が広がる句です。

猫のひげ日永といへば日のながき

松尾《まつお》洋司《ようじ》

句集『猫のひげ』の表題句です。
すっかり日が永くなり、猫が縁側あたりでのんびりしています。そのひげを見ながら、
「日が永くなったねえ」
「そう言われてみれば、ずいぶん永くなりましたね」
などと、のんびりした会話を交わしています。ささやかな幸福がここにあります。

〈恋猫のための夕闇山より来〉

恋猫の句はたくさん詠まれていますが、その背景を詠んだ句は異色です。あたりが夕闇に包まれてしまえば、もうだれにははばかることもありません。夜は恋猫たちの世界です。

〈鑑真《がんじん》に猫は似合ひか冬紅葉〉

これは像になった鑑真でしょうか。いずれにせよ、鑑真でもガンジーでも猫はだれにでも似合うような気がします。

三月の猫の肉球ふくふくと

内《うち》野《の》聖《せい》子《こ》

これも猫には欠かせないパーツ、ぷにぷにした肉球です。
いま「ぷにぷに」と書きましたが、「ふくふく」も感じが出た表現です。猫のあごからほおや首筋にかけても、なでると「ふくふく」しています。

〈わらわらと猫の出てくる冬の路地〉

お次は「わらわら」です。車が入ってこない路地は猫天国で、それこそわらわらと次々に猫が現れます。

〈帰りきて冬の匂いの猫を抱く〉

猫は冬毛になりますから、匂いもそこはかとなく変わるかもしれません。ことに、日向ぼっこのあとだと、ほかほかのいい匂いがしそうです。

〈毛繕いしてくれる霜月の猫〉

句集『猫と薔薇』には、このほかにも多数の猫の句が収録されています。

することがない猫の肉球をつまむ

きむらけんじ

これは自由律俳句から。

作者は尾崎放哉賞を受賞した「層雲」同人という正統派です。猫は体温が高いですが、この人の持ち味は体温の低さ。心地良く脱力させてくれます。

〈昼寝の猫を足でつつく〉

川柳集のタイトルにもなっている句。どちらかと言うと、昼寝をしている猫のほうに近いやる気のなさです。

〈ベランダの月観る猫を呼び入れる〉
〈漁師は沖で猫と鴉が歩いている〉
〈猫は留守で四十雀が来ている〉

放哉や山頭火などの自由律俳句の伝統につながる文体で、独特のペーソスのある世界を描いています。

こんな手をしてると猫が見せに来る

筒井祥文《つついしょうぶん》

自由律の次は現代川柳です。

現代詩の一翼を担う現代川柳は俳句との区別がつきにくくなっていますが、季語と切れ（一句のなかのサイレント）を欠くことが条件になっています。

猫がだしぬけに飼い主の体にひょいと手をかけてくることがあります。べつに見せに来たわけではないのですが、そう解釈するとこんなおかしさが生まれます。

〈よろこびのびの字を猫が踏んでいる〉

これもおかしくて、どこかおめでたい一句。紙の上が好きな猫が「び」の字を踏んで隠しているとも知らず、きょとんとしています。

〈捨て猫と奇人変人展へでも〉

こういった奇想をさらりと表現できるのも現代川柳の持ち味です。奇人変人展には、ほかならぬ作者も展示されていそうです。

猫の子の手を桃色に眠りけり

仲寒蟬《なかかんせん》

猫には桃色のかわいいパーツがいくつかあります。鼻先も捨てがたいものがありますが、やはり眠っている子猫の桃色の手が最強でしょう。

〈ほろびゆくこの星にして猫生まる〉

こういった句柄の大きな俳句らしい猫の句もありますが、この作者には「なりきりシリーズ」という洒脱な趣向もあり、猫も採り上げられています。

つまり、猫になりきって俳句を詠むのです。

〈小春日はしんじつ猫のためにある〉

猫になりきって、小春日の陽光を全身で受け止めてみましょう。どれほど気持ちがいいものなのでしょうか。

〈籐《とう》椅子に人のつもりの猫がゐる〉

飼い主の籐椅子の上で丸まって寝息を立てている猫。これも気持ちが良さそうです。

葉桜や猫の足裏《あうら》のほの紅く
桑原三郎《くわばらさぶろう》

お次は足の裏です。

まだわずかに残っている葉桜の色と、ほのかに紅い猫の足の裏とが上品に響き合っています。

〈かしはもち福耳の猫かたはらに〉

福耳の猫がいるだけで、柏餅もおいしそうです。「柏餅福耳の猫傍らに」ではなく、眼目だけ漢字にして焦点を当てるのはたしかな技です。

〈筍《たけのこ》を煮て猫借りにゆく夕べ〉

飄逸《ひょういつ》な味わいのある一句。いったい何のために猫を借りにいかなければならなかったのでしょう。

〈リモコンと猫を座右にしぐるる夜〉

外はしぐれて寒そうですが、この二つが座右にあれば安楽に過ごせます。

さて仕事始めに足裏舐める猫

清水昶《しみずあきら》

足裏つながりですが、こちらは「あしうら」です。寝ていることが多い猫ですけど、「さあ、これからあばれてやるぞ」とばかりに急に活動的になったりします。のびや爪とぎなどもありますが、この猫の「仕事始め」は足裏を舐めることでした。

作者は高名な詩人で、多数の詩集を上梓しています。評論も多く手がけた作者は遺した俳句の数も膨大で、インターネットに発表したものを含めると三万句にも及びます。

〈風鈴の舌を見上げる子猫かな〉

〈風鈴の舌に子猫は踊りだし〉

連作ではないのですが、つなげてみると動画が浮かんできます。

〈満月の猫町通りで道を問ふ〉

詩的抒情《じょじょう》に富む一句。猫は何と答えたのでしょう。

乳恋ふるうすももいろの猫の舌

関根喜美《せきねきみ》

桃色のパーツに戻ります。

口からちらりとのぞく猫の舌も愛らしいものです。水やミルクをぴちゃぴちゃと音を立てて飲む猫の舌の動きはかわいいものですが、これは母猫のお乳でしょう。

〈今生《こんじよう》は猫としたしむ桜草〉

親しみをこめて「猫バカ句集」と呼びたい句集が何冊もありますが、この作者の『子猫のワルツ』も相当なものです。

〈シクラメン猫の横貌うつくしく〉

〈スイトピー仔猫の鼻のいろに似て〉

桜草にシクラメンにスイトピー、猫には花もよく似合います。

〈よろこびを髭にあらはの春の猫〉

猫の体のパーツからもう一句。こちらまで猫のよろこびが伝わってくるかのようです。

寒の水ぺたぺた猫の舌赤し

坂本真理子《さかもとまりこ》

猫が一心に水を飲んでいます。ぺたぺたぺたぺた、赤い舌が現れてはまた隠れます。あたりは寒々としていますが、そこだけがあたたかく感じられます。猫が一生懸命、水を飲み終えたら、「えらかったね」と思わず声をかけてあげたくなりますね。

〈母猫の見はりの瞳柿の花〉

〈けし咲いて童話の猫は靴をはく〉

句集『童話の猫』にも印象深い猫の句がいくつか含まれています。子猫を守ろうとしっかり見張っている母猫のまなざしの背景には白い柿の花が、童話の猫にはどこか妖しい赤いけしの花がよく似合います。

〈梅雨に入る猫の背丈の壁のきず〉

人間なら「せいくらべ」の柱のきずですが、猫の背丈は壁にカリカリと立てた爪の跡でわかるのです。

四月馬鹿子猫の舌のうまそうな

鳴戸《なると》奈菜《なな》

エイプリルフールには、思い切った奇想がよく合います。そう言われてみれば、子猫の薄桃色の舌は極上の味がしそうです。

〈くちなしや夜を連れ黒き猫参上〉

ただ黒猫が現れるだけの光景でも、奇想のスパイスを振りかければこんな楽しい世界になります。夜の闇を引き連れての黒猫の参上ですから実に存在感がありますが、上の句の「くちなしや」がうまくマジックをかけています。ひらがな表記で白い「くちなし」の花が初めに見えるからこそ、黒猫が引き立つのです。

〈四国見えず猫の舌あかあか（山本敏倖《やまもとびんこう》）〉

これもマジックの一句。「四国見えず」と記されているのに、なぜか四国の形が浮かんできます。あかあかとした猫の舌の形がやんわりと変容し、見えなかったはずの四国の形になるというマジックです。

猫の背にほこと骨ある良夜《りょうや》かな

齋藤朝比古《さいとうあさひこ》

試みに、猫の背中にさわってみてください。そこには、まさしく「ほこ」という感じで骨があります。

良夜とは月の明るい夜のこと。十三夜もしくは十五夜を想定して用いられることも多い秋の季語です。夜空の恵みである月あかりと、猫の背にある骨とが悦ばしく響き合っています。あまりしつこくさわると嫌がるかもしれませんが、猫が寝ているときにでも「ほこ」を見つけてほっこりしましょう。

〈元日の猫のあばらにさはりけり　(阿部青鞋《あべせいあい》)〉

太っている猫でなければ、あばらにもさわることができます。あばらは肋骨。肋骨といえば、アダムの肋骨からイヴが生まれたという聖書の創生神話が想起されます。そう連想すれば、猫のあばらにさわるのは年の始めの元日がいちばんふさわしそうです。

寒明けの猫の頭のこりこりす

皆吉司《みなよしつかさ》

骨つながりで、この句を。

これもできればさわってみてください。猫の頭の骨は本当にこりこりしています。猫のマッサージにもなりますが、さわる人間のほうもしだいに心の凝りがほぐれていくような心地がすることでしょう。

〈寅年は猫好きであり春風吹く〉

自ら猫好きを任じる作者ですから、猫の句を多く詠んでいます。

〈古書店で足元に来る初夏の猫〉

猫が妙に似合う店がいろいろありますが、古書店もその一つでしょう。なかには店主の代わりに店番をしていた猫もいました。

〈肩に猫乗せて少年今年竹《ことしだけ》〉

若竹のような少年が肩に猫を乗せて歩いています。絵になるさわやかな光景です。

猫の耳は切符の固さ夏に入る

大木《おおき》あまり

耳も猫を象徴するパーツの一つです。少し長くなりますが、梶井《かじい》基次郎《もとじろう》の短篇「愛撫」から引用してみましょう。

「猫の耳というものはまことに可笑《おか》しなものである。薄べったくて、冷たくて、竹の子の皮のように、表には絨毛《じゅうもう》が生えていて、裏はピカピカしている。硬いような、柔らかいような、なんともいえない一種特別の物質である。私は子供のときから、猫の耳というと、一度『切符切り』でパチンとやってみたくて堪らなかった」

この作者らしい感覚の鋭さで、感じがよく出ています。むかし懐かしい、いまでも一部の地方鉄道では使われている硬券の切符の感触ですね。

俳句の作者は猫好きで知られ、弟子の藤木《ふじき》魚酔《ぎょすい》との共著『猫　200句』は、その名のとおりすべて猫の句を収録しています。俳句としても優れた作品が多いので、このあとも登場していただきます。

猫の耳いま南北に触れはじむ

豊口陽子《とよぐちようこ》

眠っている猫の耳に、日の光が差しこんできます。あたたかさを感じた猫の耳がピクピクと動きます。そんなどうということのない光景も、「いま南北に触れはじむ」という斬新な認識のスパイスを加えることによって、世界はこんなにも大きく広がるのです。

〈猫をもむ　太陽がピザのようだわ〉

日当たりのいいところで寝ていた猫にさわると、カイロみたいにほかほかしていて、思わずもみたくなってしまいます。できたてのピザみたいになっているのは猫のほうなのに、「太陽がピザのようだわ」と大胆に飛躍させても通じてしまうのが俳句のマジックの一つです。

〈けものらの耳さんかくに寒明けぬ　(三橋鷹女《みつはしたかじょ》)〉

三角の耳を持つけものといえば、やはり猫でしょう。「三角」ではなく「さんかく」なのが猫の耳らしいやわらかさです。

旅のひざ仔猫三つの重さぬくさ

橋本《はしもと》多佳子《たかこ》

猫の体温もパーツに含めましょう。

猫がいる旅館はたくさんありますが、この宿では三匹の子猫を飼っていました（ただ「旅」と書かれているだけなので旅館ではないかもしれませんが）。一匹ではまだ軽いですが、三匹ともなるとずっしりと重く、ぬくみも伝わってきます。

下の句は三足す三の六音の字あまりになっています。これが三匹の子猫と響き合って、絶妙な効果を上げています。

〈蜥蜴《とかげ》食ひ猫ねんごろに身を舐める〉

猫の残酷さが表れた句は本書では採らない方針なのですが、例外としてこの句を採り上げました。というのは、「ああ、おいしかったにゃ」とばかりに身を舐めている満足感が妙にリアルに伝わってくるからです。猫の気持ちが伝わってくる秘密の鍵は、「ねんごろに」という「猫」と頭韻を踏む巧みな言葉の斡旋にあるでしょう。

待春《たいしゅん》の猫を伸ばしてみたりもす

杉山久子《すぎやまひさこ》

体全体ということでこの句を。

「待春」はしだいにあたたかくなってきて、春の到来を待つ時候の季語ですが、しなやかな猫の体を伸ばしてみたりしていると、本当に春がやってきそうです。

「困ったときの猫だのみ」で猫俳句を詠むと公言する俳人は何人かいるのですが、この作者のその名も『猫の句も借りたい』も優れた猫バカ句集です。

〈恋猫の胴の長きがごろんごろん〉

人なつっこい猫は目の前で「ごろん」をしてくれますが、胴長の恋猫だとずいぶん迫力がありそうです。

〈猫の子に太陽じゃれてじゃれてじゃれて〉

差しこんでくる日の光に反応した子猫がじゃれているのですが、太陽のほうがじゃれているという視点の転換が斬新です。

霜夜かな猫の肛門ももいろに

中原道夫《なかはらみちお》

「君は薔薇より美しい」という歌謡曲がありましたが、同じリズムで言えば「猫は肛門まで美しい」。猫それ自体が種類として美しいところに加えて、大のきれい好きですから、薄桃色の美しいたたずまいをしています。霜が下りる寒い夜でも、そこだけはあたたかい提灯の灯りのようです。

〈のうぜんに猫のあかるき肛門よ（大木あまり）〉

猫の肛門を詠んだ句はほかにもあります。蔓性ののうぜんは夏、枝の先に橙赤色の花をつけます。落ちやすいその花を「あれは何かしら」とながめている猫の肛門も同じ色をしています。

〈いくらでも胴の繰り出す秋の猫〉

霜夜かなの作者に戻ります。胴に着目した句は珍しいのですが、「いくらでも胴の繰り出す」は猫のしなやかな動きを巧みにとらえています。

土筆《つくし》出る怪訝《けげん》な猫の顔の前

佐怒賀《さぬか》由美子《ゆみこ》

猫の顔にまいりましょう。

好奇心旺盛な猫の顔の前に、にゅっと土筆が出ています。「これはいったい何かにゃ?」と見ている猫の表情が楽しく思い浮かんできます。猫にとってみれば、この世界は驚異に満ちているのかもしれません。

〈風花が猫の鼻先にも届く〉

ほんのりと紅い猫の鼻先に風花。パステル調の絵になる光景です。この猫も「何かにゃ?」と不思議そうにながめたかもしれません。

〈淡雪や猫には猫の都合あり〉

今度は淡雪ですが、上の句が何であろうと「猫には猫の都合あり」を付けられそうです。猫はしばしば人間には不可解な行動をしますが、まあ猫には猫の都合というものがあるのでしょう。

房総やどの猫も顔が大きい

川名《かわな》つぎお

そう言われてみると、房総の猫はみんな大きな顔をしているように思われてくるのが不思議です。

ありえないことを信じこませてしまうのはレトリックの力です。

房総は海のはたで、魚をたらふく食っている猫がまるまると太って顔が大きくなっているという普通の解釈もできますが、それに加えて、房総は「暴走」に通じる強い語感があります。

その言葉に切れ字の文語の「や」を付し、あえて口語の「大きい」でアンバランスに締めることによって、読者はありえない光景を信じこまされてしまうわけです。

〈府中の猫はこれは嘘だがぜんぶ片目（前島篤志《まえじまあつし》）〉

『怖い俳句』では、同じようにありえない光景を見させてくれるこの句を紹介しました。

俳句のマジックは実に多彩です。

猫の貌《かお》庭から屋根から窓口から

渡邊白泉《わたなべはくせん》

『元気が出る俳句』では、白泉の次の句を紹介しました。

〈ねこしろく秋のまんなかからそれる〉

「秋」だけが漢字で記されているのと同じく、この句の猫は一匹だけですが、表題句は違います。

初めは庭にいるだけかと思いきや、あれよあれよというちに屋根や窓などに顔がわしゃわしゃと現れ、猫だらけになってしまいました。

〈新緑や白猫のゐる枇杷《びわ》の下〉

ともすると反戦俳句などのこわもての部分が強調されがちな白泉ですが、優れた抒情句や叙景句も詠んでいます。

〈黒猫の瞳《め》へ春雨はふりにしか〉

白猫の次は黒猫を。下の句のやわらかな響きと表記が何とも言えない余情を残します。

猫はみなうすき眉持つ春の宵

佐藤和夫《さとうかずお》

耳や目やしっぽやひげといったメジャーなパーツがあると思えば、そういえば猫にもあるなと気づかされる地味なパーツもあります。

眉はその最たるものかもしれません。よく見ると、ひげがぴっぴっとまばらに生えているところに、うっすらと眉があります。猫の眉がくっきりと濃かったら、ちょっといやかもしれませんね。

〈短日《たんじつ》の日向消ゆれば猫もまた〉

優れた猫バカ句集の一つ『猫もまた』の表題句です。日向がなくなるとともに、寝そべっていた猫もどこかへ消えてしまいました。まるで日光の化身のような猫です。

〈木枯や渦巻きふかき猫の耳〉

あたたかそうな耳の毛を指でかき分けてみると、たしかに渦巻きのようなものが深く続いています。木枯らしの音は猫の耳にどう届いているのでしょう。

青嵐猫のあぎとの白きこと

石田《いしだ》京愛《けいあい》

あぎととは、あごのことです。

猫のあごをたしかめてみると、体の柄とは違ってはっとするほど白くて驚かされることがあります。青嵐という初夏の季語とうまく響き合った清新な句です。

〈塀の猫風の薫りてひげ直す〉

これも初夏の風と猫の句です。ひげのかすかなふるえまでよく伝わってきます。

作者は体が不自由で、句集には自筆ならぬマウスを使った書き文字の句が多数収録されています。また、デジタル俳画という独創的な試みも行っています。

そのように自在に体を動かすことができない作者にとって、猫は何よりの友であるようです。

〈軽快に秋雨走る猫走る〉

どこへでも自由自在に走っていける猫は、作者の思いも乗せているのかもしれません。

枯野来し猫くっきりと額もつ

北原志満子《きたはらしまこ》

猫の額は狭いことのたとえに用いられるほどですが、枯野の向こうからやってきたこの猫の額は誇らしげです。野に生きる猫の凜々しい額です。

〈猫の視野楽しからずや芥子《けし》は実に〉

ある典型になるようなフレーズを含む俳句がいくつもありますが、この句の「猫の視野楽しからずや」もそれに含まれるでしょう。下の句に何を配してもさまになりそうです。ときには猫の視野になって世界をながめてみるのも、また楽しからずやです。

〈擬宝珠《ぎぼし》咲き家猫のいる晩年よし〉

この句は「家猫のいる晩年よし」が典型となるフレーズです。逆に上の句に何を配してもきれいに閉じます。

家猫のいる晩年よし、と人生と老いまでも歯切れよく肯定されると、これから歳を取るのが楽しみになってきます。

飼猫の柄教えあふ夜の秋

津《つ》久《く》井《い》健之《たけゆき》

「うちの猫は茶トラなんです」

「そうですか。うちの子は白キジで、おなかだけ真っ白で……」

そんなふうに飼猫の柄を教え合う会話は、秋の気配が感じられる夏の終わりごろの夜にふさわしいかもしれません。

作者は猫好きの若手俳人で、ウェブマガジン「スピカ」に一か月間の連作「猫は精霊」を発表したことがあります。

〈浜昼顔ひらくあはひに猫の顔〉

「あはひ」は間のこと。「ひらくあはひに」と平仮名で表記されているためにしっかりと焦点が絞られ、猫の顔が鮮やかに浮かんできます。

〈薄目して仔猫はすべて意のままに〉

「子猫パラダイス」の拾遺。子猫の無敵のかわいさが薄目にぐっと凝縮されています。

礼服のこれは猫の毛マイ・ハウス

池田《いけだ》澄子《すみこ》

礼服などをしまってあるのは押し入れの奥のほうですが、そういうところは猫にとってはいたって居心地のいい場所です。衣装入れがあっても侮れません。前足で開けて、いつのまにか中に入りこんだりします。

そんなわけで、ふと見ると礼服に猫の毛がついていたりします。猫がフォーマルな場に出ることはありませんが、服に付着する毛というかたちでちゃっかり外出し、いろんな場所に出没するのです。取るのが面倒ですが、これは猫を飼っている「猫税」のようなものでしょうか。

〈猫の呼気まじりの空気春の暮〉

春の暮に猫と一緒に空をながめています。もちろん猫も息をしていますから、空気にはそこはかとなく猫の呼気もまじっています。その同じ空気を吸っていると思うと、なんだかのどかな気分になってきます。

第3章 猫のしぐさ

パーツの次はしぐさです。毛づくろいする、おすわりする、のびをする……。どんなしぐさをしても、猫は絵になります。この章では、そんな猫たちのさまざまな動き(寝ている猫もいますが)に着目してみました。

猫の子の舌ちらちらとおのれ舐む

日野草城

猫好きの巨匠の句からしぐさの章を始めましょう。まずは「なめる」もしくは「毛づくろいする」から。

子猫とはいえ猫ですから、いっちょまえに毛づくろいをします。小さな舌をちらちら出して、一生懸命ぺろぺろしているさまは心がなごみます。

〈猫の子に舐めらる小さきぬくき舌〉

猫の子が舐めるのは「おのれ」ばかりではありません。飼い主だってなめてくれます。猫には親猫モードと子猫モードが備わっていますから、飼い主も自分の子猫のつもりでなめてくれているのでしょう。あたたかな小さな舌の感触がたまりません。

〈悪猫が舐めあふ春の猫の味　(三橋《みつはし》敏雄《としお》)〉

一転して、こちらはふてぶてしい猫たちのなめ合いです。果たしてどんな味がするのでしょう。

金木犀《きんもくせい》猫満ち足りし身を舐むる

吉田《よしだ》小机《しょうき》

ごはんをたくさん食べたのかどうか、猫はすっかり満足して毛づくろいをしています。金木犀の芳香がよく似合う光景です。

〈芙蓉《ふよう》咲き猫の表情ゆたかなり〉

バックの花が変わりました。「猫の表情ゆたかなり」も典型になるフレーズで、どんな花にも合いそうです。

〈春曙《はるあけぼの》むやみに猫を可愛がる〉

作者はあまり有名な俳人ではありませんが、『猫』というタイトルの句集を持っています。この一句だけでも、猫好きの感情が伝わってきます。

〈孕《はら》み猫の欠伸《あくび》黄色い月が出て〉

あくびも猫らしいしぐさの一つ。バックにぼんやりと出ている黄色い月がパステル調の色合いでいい感じです。

新涼の猫膝にくる毛づくろひ

林柚香《はやしゆか》

こちらも『猫』という句集が一冊だけある市井の俳人です。

涼気を新鮮に感じるさわやかな初秋のころ、猫がひざに乗ってきて、すまし顔で毛づくろいを始めました。ただそれだけの句ですが、猫も季節の移ろいを喜んでいるかのようで、妙に忘れがたいものがあります。

〈秋深し猫は眠りの耳を伏せ〉

猫は年がら年中よく眠りますが、ことに秋が深まってきたころは耳を伏せた寝姿が似合います。

〈涅槃会《ねはんえ》の闇生き生きと猫走る〉

〈猫も来て一箸ねだる祝膳〉

涅槃会が行われるのは陰暦二月十五日の釈迦入滅の日。春の闇には、寝ているのではなく走る猫がよく似合います。祝膳の猫は参加者の笑顔が浮かんでくるかのようです。

雛壇に猫も坐れり笑ひあふ

松本恵子《まつもとけいこ》

おすわりも猫の愛らしいしぐさの一つです。きちんと前足をそろえておすわりしている場所が雛壇だったりしたら、かわいくておかしくて笑いに包まれることでしょう。

作者は翻訳家兼推理作家の松本泰《たい》の妻で、自らも翻訳や探偵小説を発表しています。英文学者でもあった多彩な仕事のうち、日本猫愛好会という版元から出た「ねこ文庫」の一冊、句文集『猫と私』には楽しい猫俳句が多数収録されています。

〈梯子かけ猫抱きおろす夏の月〉
〈猫の舌に驚き沈む金魚なり〉

ここではまずユーモラスな句を紹介します。(一句目)高い木の枝へ登ったはいいものの、下りられなくなってしまった猫をなんとか救出しました。(二句目)水面か水槽か、いきなり怪物のように猫の舌が現れたのですから、金魚は大パニックです。

のびをして猫秋雲にとどくかな　皆吉司

両方の前足をそろえ、背中をぐっと丸めて大きなのびをする。これも猫の愛らしいしぐさの一つです。

視線を下げて猫を見ると、のびをした猫の背中が秋の雲に届きました。視点によって構図が変わってくるところは、本職が画家の作者らしい世界の把握の仕方です。

〈嗣治《つぐはる》亡き西日のパリに猫を見ず〉

これも画家らしい一句。舞台は猫の絵で有名な藤田嗣治ゆかりのパリですが、「猫を見ず」なのになぜか西日のなかに猫のシルエットが浮かぶマジックです。

〈庭のまはり自分らのまはり猫のからだののび（瀧井《たきい》孝作《こうさく》）〉

のびに戻って、もう一句。文人俳句の一翼を担った作者は河東碧梧桐《かわひがしへきごとう》に俳句を師事、その新傾向俳句に影響を受けた句を作りました。いささか腑に落ちない句ですが、そこらじゅうで猫がのびをしている光景と解釈すれば楽しいかもしれません。

欠伸猫の喉美しき冬日向

糸山由紀子《いとやまゆきこ》

猫は大きなあくびをします。その口ばかりに注目が集まりますが、あくびをしたときに見えるのどの美しさに着目した句です。

〈月下の猫きこきこきこと爪磨げり〉

〈わが膝はわが猫のもの一茶の忌〉

『猫曼陀羅』という句集を持つ作者は病弱で、猫と親しむ人生を送りました。猫のしぐさの描写も、猫とともに生きた人ならではの観察眼です。

〈一茶忌や諸人《もろびと》猫を愛すべし〉

〈系譜なき猫が好きにて一茶が好き〉

一茶つながりでこの二句も。「諸人猫を愛すべし」も口誦性《こうしょう》に富むフレーズです。

〈わが友は猫ばかりにて月の客〉

この客も猫でしょう。こういう人生だって決して不幸ではないはずです。

おしろいや家に入れよと猫の鳴く

下坂速穂《しもさかすみほ》

なく、のも猫の基本です。猫はむやみに哲学的なことをしゃべったりはしませんから、おおむね伝えたいことはわかります。外から帰ってきた猫の「早くあけるにゃ」というな き声が聞こえてきそうです。なお、おしろい（白粉花）は秋の植物。

〈また一夜さまよふ猫よはたたがみ〉

作者の猫は外にも出しているようで、ときどき放浪して帰ってこなかったりします。はたたがみは雷で、夏の季語。猫がどうしているか、雷鳴がとどろくと案じられます。

〈短日の猫を呼びとめあれこれと〉

気ままな猫を飼っていると、あれこれと説教したくもなります。ユーモラスな句です。

〈まばたきが吾への一語孕み猫〉

猫だって、なかずに意思を伝えることもできます。目と目で通じ合うのは、人だけではありません。

鰭酒《ひれざけ》の鰭を食べたる猫が鳴く

岸本尚毅《きしもとなおき》

「おいしいにゃ」

この猫が言っていることもよくわかります。まさに猫生初めての珍味だったことでしょう。ご満悦の様子が伝わってきます。

〈虫時雨猫をつかめばあたたかき〉

〈猫よりも朴《ほお》の落葉の大きくて〉

ほかにも、この作者の美質である感覚に優れた猫の句があります。

ひと声のなき声が印象深い句をもう一つ。

〈天下真夏天領の猫ミュアと鳴き（松本旭《まつもとあさひ》）〉

思わず「へへー」とひれ伏したくなる威厳のあるなき声です。考えてみたら、生まれたところが元天領（幕府の直轄地）だろうが田舎の小藩だろうが、猫には関わりのないことなのですが。「天下真夏」という大上段の字あまりが絶妙に決まっている句です。

夕空が透き猫が鳴き涼しくなる

阿部《あべ》みどり女《じょ》

女流俳句の草分けの一人による破調がさわやかな一句です。

定型から一歩も離れない句、たとえば「猫が鳴き夕空透けて涼しくて」などではあまりにも平凡で風が吹きませんが、自由律と紙一重の韻律がわずかに透けた夕空と響き合って、心地いい風を運んできます。

〈青柿の一つ落ち屋根に猫眠る〉

これも句またがりによる切り方が独特で、青柿から屋根の猫へと鮮やかに視点が切り替わります。

〈猫鳴いて母ゐるやうな春の暮 （遠藤若狭男《えんどうわかさお》）〉

同じ夕空でも、こちらは叙情的な光景。母を呼ぶようなどこか甘えた猫のなき声を聞いているうちに、母の顔がそこはかとなく思い出されてきます。春の暮にふさわしい胸に迫る句です。

新涼や洗面台に猫眠る

石原朗子《いしはらさえこ》

猫は寝ている時間のほうが長いですから、眠っている姿が俳句に多く詠まれています。気持ちのいい寝場所を見つけることにかけては、猫は天才です。体を丸めるとすっぽり入る洗面台はひんやりしていて心地良さそうです。

〈車庫入れを見つめる猫や街薄暑〉

猫にとってみれば、人間のやることはおおむね不可思議です。動いている大きなものを「何かにゃ?」と見つめる猫のまなざしが見えるかのようです。

〈一度だけ振り返る猫梅雨晴間〉

〈虎猫のふいに振り向く冬日かな〉

句集『猫漫画』から、振り向く猫の句を二句。一句目は梅雨の晴れ間の光と猫の目が響き合っています。二句目は「ふ」の頭韻が心地いい句。ここでも一瞬の猫のまなざしが印象に残ります。

昼寝猫誰より長く家にゐる　松井貴子《まついたかこ》

言われてみればそのとおりの句。だれよりも長く家猫は家にいます。たとえ見えないところに隠れて眠っていたとしても。

〈電話機が壊れた猛暑猫眠る〉

電話機が壊れて外と連絡できなくなったとしても、猫の知ったことではありません。猫はひたすら眠るだけです。

〈昼寝猫袋の如く落ちてをり（上野泰《うえのやすし》）〉

そのひたすら寝ている猫の姿を描いたユーモラスな一句。変な姿勢で床で寝ている猫をとらえて「袋の如く落ちてをり」とは、まさに言い得て妙です。

〈くの字の猫　のの字の猫よ　昼寝の路地（伊丹三樹彦《いたみみきひこ》）〉

これも楽しい情景がさっと浮かんでくる句。作者は写俳の大家ですから、猫たちの写真も添えられています。

あられもなく猫大の字の大暑かな

鈴鹿《すずか》百合子《ゆりこ》

猫の目のかたちによって日の移ろいがわかるとすれば、季節の移ろいは猫の寝姿でわかります。ほうぼうで猫が行き倒れ、あられもなく大の字になって寝はじめたら、暑い夏の到来です。

作者は多作で知られる鈴鹿野風呂《のぶろ》の義理の娘で、『猫贔屓《びいき》』というタイトルの句集があります。

〈師走露地《しわすろじ》ねこの抜け道風のみち〉

夏には大の字になって寝ていた猫も、冬には風のように通り抜けていきます。もっとも、今度は暖かいところで丸まって寝たりしますが。

〈緑陰《りょくいん》に猫残像の如く座し〉

つややかに生い茂った木陰で、猫が一匹おすわりをしています。白猫でしょうか、風に揺れる樹木の残像のような姿です。

籐寝椅子腑抜けの猫が独占す

山崎富美子《やまざきふみこ》

飼い主にとって気持ちのいい場所は、えてして猫の恰好の居場所になります。籐椅子を独占して、腑抜けのようになって寝ている猫の姿が目に浮かんでくる句。ちょっといまいましいけれども、あまりにも気持ち良さそうだから、起こしてどかせるのも忍びなくなりますね。

〈恋猫の恋の果なる勾玉寝《まがたまね》（大石悦子《おおいしえつこ》）〉

勾玉は古代の飾り物。恋の果ての恋猫ばかりでなく、猫はしばしばこのかたちになって眠ります。「またたび」が好きで、「たま」という名前もむかしは多かった「ねこ」の「まがたまね」とは、面白い音の響きです。

〈行く年や猫うづくまる膝の上（夏目漱石《なつめそうせき》）〉

眠り猫のしめくくりは「吾輩は猫である」の作者の一句。いや、この猫は眠っているようで、うっすらと半眼を開けているような気もします。

猫パンチの匂いがいつまでも残る

久保田紺《くぼたこん》

次のしぐさは、猫ならではの強烈な猫パンチです。

しかし、着目されているのは猫パンチの「強さ」ではなく、現実には知覚されない「匂い」です。この意外性と、現実の表層のずらし方は、現代川柳の持ち味の一つです。センスオブワンダーのスパイスをさっと振りかけるだけで、いとも不思議な世界を現出せしめるのが現代詩の一翼を担う現代川柳の醍醐味《だいごみ》でしょう。

〈ネコ缶ひとつネコが私にくれました〉

これはあべこべの世界。本当に猫が猫缶をくれたら、「ありがとにゃ」と喜んで受け取ってしまいそうです。

〈コンビニで時々猫を買ってくる（櫟田礼文《いちだれぶん》）〉

こちらも現代川柳でさらりと描かれたシュールな世界。猫の図柄があしらわれた何かの略と考えれば、にわかに現実に戻ります。

猫糞を隠す三色菫《すみれ》の前

橋間石《はしかんせき》

猫は実に念入りに砂をかけて排泄物を隠します。その理由には諸説がありますが、臭いで敵に居場所を知られまいとする本能によるものだという説が有力です。

しゃっしゃっと小気味のいい音を立てながら、猫が一生懸命うんちに砂をかけて隠そうとしている姿も愛らしいものがあります。ことに、公園のきれいな三色菫の前だったりしたら、実に絵になりますね。

〈梅林の猫の仕草は尿《いばり》なり（暮尾淳《くれおじゅん》）〉

うんちの次はおしっこです。おすわりをして、これまた何とも言えない神妙な顔つきでおしっこをします。猫という生き物は、排泄すらこんなにもかわいいのです。

〈仔猫みな唖へ去られし夜の嵐〉

橋間石からもう一句。嵐が来るまでに、母猫が「大変、大変」とばかりに子猫たちを唖え去っていきました。いまはねぐらで嵐が通り過ぎるのをじっと待っているのでしょう。

水を飲む猫胴長に花曇《はなぐもり》

石田《いしだ》波郷《はきょう》

ぴちゃぴちゃと音を立てながら、猫はいくたびも舌を出し入れして一生懸命水を飲みます。あまりにも水を飲むことに集中しすぎているため、いつもより体つきが胴長に見えます。さすがは大家の観察眼です。

〈遠き白猫枯木攀《よ》ぢむとして止みぬ〉

字あまりの上の句のあとの切れ＝サイレントと、枯木をよじ登ろうとしてすんでのところでやめた猫の動きが見事に響き合っています。

〈はるかなる地上を駆けぬ猫の恋〉

こちらは大地ですから、心安んじて駆けることができます。

〈春一番猫はひたすら水を飲む〉（森須《もりす》蘭《らん》）

水を飲むしぐさに戻ります。猫は本当に「ひたすら」水を飲みます。外で春一番が吹き荒れていようと、水を飲む猫の知ったことではありません。

月の木に上りし猫の飛びたてり

こしのゆみこ

飛ぶ猫もとにかく絵になります。俳句らしい省略の見事さもあいまって、鮮やかに飛び立った猫の残像が心に残ります。

〈猫が光って春一番の大きな木〉

句集『コイツァンの猫』から、木と猫の句をもう一つ。今度は季節が春で、逆光の木に猫がとどまっています。飛ぶ猫も、飛ばない猫も、存在のたしかさは同じです。

〈秋深く猫振り返りながらゆく〉

こちらは晩秋に歩く猫。「深く」と「振り返り」の頭韻と、「ゆく」の二音で締めるリズムがさりげなく効いています。

〈炎天の帆をはらませて猫駆ける〉

最後は、夏に疾走する猫です。背景に風を帆にはらんだ船が浮かんでいるとも、疾走する猫のおなかが帆のかたちになっているとも解釈できるでしょう。

伸びきつて猫の胴とぶ星月夜

黛《まゆずみ》　執《しゅう》

一瞬を切り取る俳句と、猫の見事なジャンプ。世界と形式が響き合った秀句です。胴をいっぱいに伸ばした猫が飛び去ったあとは、夢のように美しい星月夜が広がります。

〈初夢の端踏んで猫通りけり〉

枕もとを歩いたり、掛け布団の上に乗ったり、猫はいろいろなことをしてくれます。おかげで眠りの世界から引き戻されることがよくありますが、「初夢の端踏んで」とはユーモラスな表現です。「は」の頭韻もよく効いています。

〈猫とんで宙にとどまる雪解風《ゆきげかぜ》（岸田稚魚《きしだちぎょ》）〉

ジャンプに戻ります。これまた鮮やかな跳躍で、スキーのジャンプの選手のように猫の体は宙にとどまります。

〈厨窓《くりやまど》躍り出る猫や椿照る（清原拐童《きよはらかいどう》）〉

厨の窓から飛び出してきた猫と、かっと日に照らされた椿の取り合わせが鮮烈です。

大きくて大味の梨　猫は嗅ぐのみ

島一木《しまいちぼく》

犬ばかりでなく、猫だって鼻をくんくんさせてにおいを嗅ぎます。「これは食べられるかにゃ？」とばかりに梨を嗅いでいた猫ですが、結局お気には召さなかったようです。

〈階段の上に猫ちよこなんと寒さう〉

一匹だけちょこんと座っているさまは寒そうですが、春になると景色が変わります。

〈猫の顔ある春の窓ひとつならず〉

〈さすらひや窓から窓へ猫の春〉

たくさんの猫が窓に顔をのぞかせている光景も、一匹の猫が窓から窓へとさすらうのも絵になります。

〈たんねんに猫が嗅ぎゐる草芽かな（松林尚志《まつばやししょうし》）〉

「嗅ぐ」に戻ります。本句では「たんねん」というひらがな表記が秀逸。丹念ににおいを嗅いでいる猫の姿が字面から浮かび上がってきます。

むにーっと猫がほほえむシャボン玉

福田《ふくだ》若之《わかゆき》

口を半開きにした猫がむにーっと笑っているように見えるのは、フレーメン反応と名づけられるものです。

猫の口の中、上顎のあたりにヤコブソン器官というものがあり、フェロモンを分析しています。相手の猫がどういう状態なのか、フェロモンを解析することによって猫は知識を得るのです。

それが笑っているように見えるだけなのですが、そんな野暮なことは言わず、笑っていると思ったほうが楽しいかもしれません。シャボン玉の中にも笑い猫が入っているかのような楽しい句です。

〈猫の貌《かお》四角に怒り半夏生《はんげしょう》（桂信子《かつらのぶこ》）〉

逆に、怒る猫です。普段は穏やかな猫でも、怒ると耳の形が変わり、顔全体が四角に変わってしまいます。

豆撒《ま》けば猫はしゃぎだす福来るごと

石田榮子

節分の豆まきは、恰好の猫じゃらしになります。大喜びで豆を捕ろうとする猫の姿は、まるで福を招いているかのようです。

句集『猫つぐら』では、季節ごとの猫の愛らしい姿を堪能することができます。

〈欠伸して春光に透く猫の髭〉
〈問ひかける猫の目いとし木の実落つ〉
〈ぬひぐるみ猫に抱かせて冬日向〉

はしゃぐ猫もいれば、ケンカを始める猫もいます。

〈猫相撲三本勝負や春の丘（宮《みや》ノエル）〉

仲良くなめ合っていたかと思うと、急にケンカになったりするのが猫ですが、うちでは猫レスリングと呼んでいるものがユーモラスに表現されています。表紙にも猫が描かれた『猫相撲』は、ほかにはあまり猫の句がない妙な句集です。

第4章　さまざまな猫たち

この世界には、実にさまざまな猫たちが暮らしています。色も柄も種類も、暮らしぶりも多種多様です。さすらう恋猫もいれば、愛すべき看板猫もいます。本章では、そういったバラエティに富む猫の姿にスポットライトを当ててみました。

白き猫今あらはれぬ青芒《あおすすき》

高濱虚子

まずは白猫から。

いちめんに広がる夏の輝く青芒のなかに、不意に白猫が現れます。そのさまは、この世にもたらされたささやかな奇蹟のようです。

A音とI音が効果的な韻律と、白と青の鮮烈な対比の構図。さらりと詠まれた巨匠の作品です。

〈雪よりも真白き春の猫二匹〉

こちらは同じ白との取り合わせです。雪と比べることで、白猫の抜けるような白さがかえって際立ちます。

〈紫陽花《あじさい》を抜け来し白は猫であり（上迫和海《うえさこかずみ》）〉

白という色を先に出すことによって、白猫の出現を鮮やかに演出した句です。「猫は白であり」だとただの説明に堕した凡句になってしまいます。

夏の朝祈祷室より白き猫

明隅《あけずみ》礼子《れいこ》

白猫が部屋から出てきただけの光景なのですが、その部屋は祈祷室、真っ白な猫はまるで神さまの使いのようです。

〈海青き島に生《あ》れたる子猫かな〉

猫がどこに生まれるかは運命ですが、海青き島に生まれた子猫は祝福された存在のように感じられます。

〈餅搗《もちつき》のはじまるまでを猫とゐて〉

どんな猫かはわかりませんが、白猫と考えたほうがお餅と響き合って楽しそうです。いざ餅つきが始まったら、猫は興味津々で見物しそうです。

〈神さまのやうにまつ白冬の猫 (平井照敏《ひらいしょうびん》)〉

清浄な白猫に戻ります。冬の日に現れたこの猫は使いではなく、神さまのように真っ白だと表現されています。猫という存在は、それ自体が奇蹟かもしれません。

朧なり白猫ふつと消ゆるなり

秦夕美《はたゆみ》

春に水蒸気によって物がぼんやりと見える現象が朧。そのなかに入り、ふっと姿が見えなくなった白猫は、まるで異界へと消えてしまったかのようです。どの句も作者の美意識に裏打ちされている俳人らしい作品です。

〈存《なが》へる猫の半眼冬銀河〉

ずいぶんと歳が寄ってしまった猫が、半分だけ薄目を開けて眠っています。大いなるものと愛すべき儚い存在との対比が格調高い句です。

〈白猫とせつに消えたき大枯野（齋藤愼爾《さいとうしんじ》）〉

消えるのは猫ではなく、俳句の主体のほうです。西日に照らされているいちめんの枯野の向こうへ、無垢なるものの象徴である白猫を抱いて、永遠に消えてしまいたいという心情には胸を打たれます。

猫俳句の絶唱として、真っ先に挙げたい名句です。

黒猫の子のぞろぞろと月夜かな　飯田《いいだ》龍太《りゅうた》

黒猫に移ります。

まず思い浮かんだのがこの句。月あかりに照らされ、黒猫の子たちがぞろぞろと歩いているユーモラスで愛らしいさまがたちどころに目に浮かびます。

俳句は短いがゆえにかえって多くのことが表現でき、音楽にも絵にも昇華しうるというのが持論なのですが、たたみかけるO音が心地いいこの句は忘れがたいピアノの小曲のようです。また、「ぞろぞろ」と子猫たちの動きが響き合っているところは一幅の絵を見るかのようです。さすがは巨匠の名句です。

〈黒猫あり幹を走れば降る朝星　（金子《かねこ》兜太《とうた》）〉

同じ巨匠の作でも、こちらは二つの字あまりを一気に力でまとめ上げた句。おかげで、幹を駆け上がった黒猫の力で星が降ってきたかのような躍動感が生まれています。こういう句はなかなか作ろうとしても作れません。

黒猫のさし覗きけり青簾《あおすだれ》　泉鏡花《いずみきょうか》

おそらくは写生句で、本当に一匹の黒猫が青簾をさし覗いていただけの光景なのでしょうが、鏡花が詠むとこんなにも妖しく、かつ怪しくなります。

これはもうただの猫とは思えません。魔性の女が黒猫に化けて覗いているとしか思えない妖しさです。さらりと詠んでもこのような濃厚な世界になってしまうのは、やはり天分としか言いようがありません。

〈黒猫が覗く白夜の城の窓　有馬朗人《ありまあきと》〉

こちらは西洋版で、旅吟の写生句。この猫はかつての騎士かもしれませんが、怪しさは鏡花の句にかなり劣ります。

〈娶《めと》りの燈《ひ》田の黒猫の眼に点《とも》る　徳弘純《とくひろじゅん》〉

新妻に恋していたのに非業の死を遂げた男が、黒猫に化けて復讐にやってきたと解釈すれば、目の光の怪しさがいちだんと増すでしょう。

黒猫に生まれ満月感じたり

長岡裕一郎《ながおかゆういちろう》

満月の晩に変身するものといえば狼男ですが、この句では黒猫が超自然的な力を全身で感じています。読者も黒猫になって月光を浴びる感覚を共有できそうです。

〈黒猫《シャ・ノワール》抱《いだ》く乳首の痛みかな〉

これも感覚の鋭い黒猫の句。そこはかとないエロスが漂う、絵画的な構図です。

作者は十代に歌人として鮮烈なデビューを飾ったあと俳句に転向、画家としても活躍しました。その才能を惜しまれながら五十三歳の若さで急逝した後に刊行された唯一の句集『花文字館』には、いくつかの猫の句が収録されています。

〈猫の名は　嗣治写しのお嬢さん〉
〈抱き痩せの黒猫のまま袋小路〉
〈水無川猫は集ひて無音なる〉

短歌からスタートした才人らしい、映像的な俳句世界が展開されています。

黒猫の這入《はい》りそれきり春の闇

鳴戸奈菜

俳句のなかで黒猫の個体としての姿は表現されていません。詠まれているのは、黒猫が消えていった春の闇だけです。にもかかわらず、黒猫のイメージがはっきりと浮かぶはずです。これも俳句のマジックです。

〈千年のち猫になるはず蛍草〉

作者にはほかにもイマジネーションにあふれた不在の猫の句があります。千年のちに猫になった蛍草を見てみたいものです。

〈ピカピカの猫となりゆく春の雹《ひょう》〉

これも不在の猫。猫がたくさん降っていると思えば雹に襲われても楽しいでしょう。

〈十年後柳の下に猫とおり〉

これも不在の猫の変形ヴァージョン。十年後に柳の下に現れる猫は、まだこの世に存在していません。白昼夢を想わせる世界です。

黒猫の影も黒ねこ日の盛り　牛田修嗣《うしだしゅうじ》

黒猫らしい怪しさに満ちた一句。

この句の眼目は、黒猫の影も「黒猫」ではなく「黒ねこ」と開かれていること。影も「黒猫」だと平凡ですが、「黒ねこ」と開くと、「ねこ」に実際の猫の姿が鮮やかに重なり合わされます。

この怪しい「ねこ」の影は、だしぬけに本体と違う動きをしたりしそうです。

〈黒猫にアリバイのなき夜長かな　(矢野玲奈《やのれいな》)〉

若手俳人の怪しい黒猫の句をもう一つ。

この句に関しては堀本裕樹《ほりもとゆうき》さんが猫俳句アンソロジー『ねこのほそみち』で楽しい解釈をされていますが、化け猫系の凄惨な事件を想像することもできるでしょう。

俳句は謎の水晶球のごときものです。謎だけぽんと提出して、読者にさまざまな解釈をゆだねるのが俳句の要諦。一つの解釈を押しつけるとつまらなくなってしまいます。

黒猫を組み伏せ愛す日向かな　正木《まさき》ゆう子《こ》

日当たりのいい場所で、黒猫をぐっと組み伏せてかわいがっています。いくぶんは迷惑そうでも、猫は目を細くしてごろごろとのどを鳴らしています。多幸感にあふれた黒猫の句です。

〈黒猫のすらりと昼寝またぎけり〉

昼寝をしているのは猫ではなく、飼い主のほうです。ひょいとまたいで通っていく黒猫の動きは実にしなやかです。

〈黒猫や股間を抜けて愉しかり　(宇多喜代子《うだきよこ》)〉

しなやかな黒猫の動きといえばこの句。「黒猫を組み伏せ」のクの頭韻と同じく、カ行の音韻が猫の俊敏な動きを演出しています。

〈猫の子をそれぞれに抱き老夫婦　(同)〉

絵になる光景ですが、動いてもじっとしていても猫には存在感があります。

突堤で寝る黒猫腹で海光吸い

坪内稔典《つぼうちとしのり》

黒猫が波止場の突堤でべたっと寝ています。海辺の猫ですから、いい魚を食べて恰幅が良さそうです。

黒猫が息をするたびに腹が波打ちます。まるで海からの光を養分としているかのようです。破調の文体が黒猫の腹の動きと響き合った、妙に忘れがたい句です。

〈行く春の黒猫の目にゆきあたる〉

体が真っ黒ですから、ことに黒猫は目に力があります。はっとして互いに動きを止めたあと、季節がさりげなく移ろうのかもしれません。

〈黒猫ののそと起きるや台風来《く》（宮坂静生《みやさかしずお》）〉

こちらはのっそり起きる黒猫ですが、腹で海光を吸っていた猫と同じく、人間には察知できない超自然的な力が備わっていそうです。「来たな」とばかりにむくむくと起き上がる黒猫は貫録十分です。

夕焼くる地を黒猫の踏みゆけり

町野《まちの》けい子《こ》

黒猫には赤が似合います。ことに夕焼けの赤は、黒猫が歩む背景にぴったり。短篇映画のエンディングのような一句です。

〈猫のきてまた去るのみの石蕗《つわ》の昼〉

これも映像的な世界。焦点が当たっているのはあくまでもつわの花で、黒猫は背景をただ通り過ぎるだけです。初冬の昼の空虚な美しさが印象深い句。

〈黒猫に日の匂ひある冬至かな（波戸岡旭《はとおかあきら》）〉

寒い冬至の日ですが、あたたかいものもあります。たっぷり日向ぼっこをしていた黒猫には、まだ日の匂いが残っていました。

〈恋猫に日差しの厚き島の路地（同）〉

これも猫を照らすあたたかな日差しです。島の路地には無粋な自動車などは入ってきません。そこは恋猫たちだけの世界です。

水中を青猫とゆく秋の暮

久保《くぼ》純夫《すみお》

ロシアンブルー、シャルトリューなどの気品のある青猫には、ファンタジーの世界がよく似合います。

秋の暮というのはすさまじく手垢のついた季語ですから、もはや寂しさやうら悲しさなどを盛っても効果が上がりません。俳句には「季語をいじめる」という独特の言い方がありますが、手垢のついた季語は思い切ってかけ離れたイメージで鞭打っていじめてみると新鮮さが蘇る場合があります。

視点を変えると、風が吹くメカニズムは温度差に由来します。秋の暮に寂寥《せきりょう》感を配しても温度差がなく、風はまったく生じません。

この句の秋の暮に配合されているのは、「水中を青猫とゆく」というみずみずしいファンタジーです。さわやかな風とともに、シャガールの絵を彷彿させる世界が読者の前に広がることでしょう。

三毛猫の首輪を赤に秋立ちぬ

いそむら菊

飼い猫の首輪の色を考えるのは飼い主の楽しみです。うちでは雑種の茶白の猫に赤、目の青い白猫に青をつけています（もう一匹のノルウェージャンフォレストキャットは首回りが太すぎてつけられません）。三毛猫は何色でもいけそうですが、いちばん似合うのはやはり赤かもしれません。

〈「猫飼えますように」と子等の星祭〉

これはもう解説不要で、思わず「飼えるといいね」と声をかけたくなる句。筆者も両親が猫嫌いだったため、中年になってようやく飼えるようになりました。この猫好きの子供たちに幸いあれ。

〈愛猫の近況ばかり年賀状〉

類は友を呼ぶと言いますが、猫バカは猫バカを呼ぶようです。かく申す筆者の年賀状にも飼い猫の写真がすべて載っています。

夏来たる片肌脱ぎの縞の猫

磯村光生

縞猫の柄はそれぞれに特徴があります。ソックスを片方下ろしたような猫もいれば、本句のようにちょっと伝法に片肌を脱いでタンカでも切りそうな猫もいます。

〈組み合ふてやがて嘗め合ひ梅雨の猫〉

おもしろうてやがて悲しいのは鵜舟ですが、その芭蕉の句を下敷きにしたこの句は猫を飼っている人なら思わずうなずくパロディに仕上がっています。

〈春障子三筋三筋の爪の跡〉

もう一句、田捨女《でんすてじょ》がわずか六歳のときに詠んだ「二の字二の字の下駄の跡」の句を踏まえたパロディ句を。障子ばかりでなく、さまざまなものに猫は痕跡を残してくれます。

〈行く年やくの字くの字に猫眠る〉

これもそのヴァリエーション。「く」になったり「し」になったり、ときには「や」に似せたり、猫はいろんな平仮名に擬態します。

初雷の大通り行くペルシア猫　妹尾《せのお》健《けん》

洋猫に移ります。

長毛種で気品のあるペルシャ猫には、ゴージャスな背景が似合います。「初雷の大通り」はまさに恰好の舞台でしょう。ケテルビーの「ペルシャの市場にて」のメロディが響いてきそうな一句です。

〈妻とする猫を見つめるその夫〉

人も猫も、その行うところはさほど変わるところはないのかもしれません。二匹の猫の表情やしぐさを想像するとほほえましくなる句です。

〈黄落や機嫌の悪きペルシャ猫　（篠崎央子《しのざきひさこ》）〉

和猫に比べると洋猫はとかく気難しいものですが、その気難しさすら魅力の一つになっています。ご機嫌ななめなペルシャ猫のバックで、はらはらと散る落ち葉。これも絵になる光景です。

ランボーを五行とびこす恋猫や

寺山修司《てらやましゅうじ》

恋猫は春の季語ですから、膨大な作例があります。「秋の暮」に言及したときにも触れましたが、こういった手垢のついた季語を用いるときは、思い切って飛躍のあるイメージを配合し、その温度差によって風を吹かせることが肝要です。

その点で、文字どおりに猫が飛躍しているこの句は範とすべき作例です。いかにも才人らしい切れ味です。

〈恋の猫暗夜行路を跳び交し（鷹羽狩行《たかはしゅぎょう》）〉

才知の句には定評のある作者にも同趣向の作品があります。こちらは志賀直哉《しがなおや》の『暗夜行路』ですから、いくらか跳びっぷりが重たいかもしれません。

歌合わせにならった句合わせという遊びがあります。ちょうどいい例になりそうですが、読者の好みはどちらでしょうか。

猫の恋やむとき閨《ねや》の朧月　松尾芭蕉《まつおばしょう》

かまびすしくなき交わしていた恋猫の声がやみ、閨におぼろげな月あかりが差しこんできます。

朧月ですから相手の顔かたちまでは鮮明に見えませんが、閨をともにしている人の息遣いだけははっきりと聞こえます。ぞっとするほど濃密な、それでいて上品なエロスの香りが漂う句です。

芭蕉の近代的な感覚の鋭さに驚かされます。猫の恋と人の恋を対照させた句はほかにもたくさん作られてきましたが、いまだにこの句に優る作例はないかもしれません。

〈京は夜に沈みゆくなり猫の恋（山口優夢《やまぐちゆうむ》）〉

芭蕉の秀句には、若手俳人の句を合わせてみました。出だしの破調がゆるゆると広がる京の夜を巧みに演出しています。芭蕉の濃密な闇とは違って、こちらの闇はどこか甘酸っぱい香りがします。

恋猫の恋する猫で押し通す

永田《ながた》耕衣《こうい》

恋猫ほど前向きなものはいないかもしれません。ライバルを蹴散らし、恋を成就させるために突っ走っている恋猫からは、根源的な生のパワーをもらえそうです。口誦性に富む覚えやすい句ですから、いろいろとパロディも考えられそうです。

〈恋猫の脱糞の瞳《め》の古色かな〉

恋猫といえども、もちろん排泄はします。古色蒼然というネガティヴな言い回しで用いられることが多い言葉ですが、この執念深い生命力を宿す猫の目の古色には何とも言えない味があります。

〈恋猫がうしろ忘れているうしろ（池田澄子）〉

これも恋猫の猪突猛進ぶりを描いた句ですが、「恋する猫で押し通す」正面ではなく、うしろに着目してユーモラスにとらえています。これまたこの作者ならではの巧みな文体で、一読忘れがたい作品に仕上がっています。

いのうえの気配なくなり猫の恋

岡村知昭《おかむらともあき》

手垢のついた「猫の恋」という季語には大胆な飛躍のある言葉を配合することが肝要ですが、この句の「いのうえ」の不気味さはどうでしょう。井上ではなく「いのうえ」とひらがなで表記すると、怪しさは百倍くらいになります。この「いのうえ」はストーカーか、それとも幽霊なのでしょうか。

〈票田と言われる地帯猫の恋　（小野裕三《おのゆうぞう》）〉

票田と言われる地帯には、実際の田ばかりが広がっているわけではありません。そのひとひねりした抽象性が季語をほどよくいじめています。

〈猫の恋そしてロシアンルーレット　（山﨑十生《やまざきじゆっせい》）〉

〈アイロンの蒸気のかたち猫の恋　（越智友亮《おちゆうすけ》）〉

猫の恋には、ほかにもさまざまな異質なものが配合されています。お手本にならって、読者も一句いかがでしょうか。

恋猫のそれはそれとし膝の猫

能村《のむら》登四郎《としろう》

昨今では飼い猫には去勢もしくは避妊手術を施し、完全室内飼いにするのがもっぱらです。うちの猫たちもそうで、外で恋猫がかまびすしいなき声を発していても、「何かにゃ?」というくらか気にするくらいで、べつに浮き足立つこともなくひざの上で落ち着いています。

「恋猫の」という上の句で始まり、「それはそれとし」の中の句でうまくはぐらかして、最後に「膝の猫」に焦点を当てています。俳味とユーモアに作者の余裕が感じられる巧みな句です。

〈鳩時計は我が家に無くて猫の恋（星野《ほしの》紗一《さいち》）〉

響いているのは恋猫のなき声のはずですが、なぜか鳩時計の声が聞こえてくるはずです。我が家にないはずの鳩時計が虚空からさらりと取り出されてくる――これも俳句のマジックです。

何もかも知つてをるなり竈猫

富安風生

どの家にも竈があったころ、火を落としたあとまだぬくみが残っている竈に陣取り、暖を取る猫の姿がありました。

その貫録十分な姿を活写した句で「竈猫」という造語を冬の季語にまで押し上げたのが、猫好きの巨匠、富安風生でした。薄目を開いて、「この世のこと、あの世のこと、何もかも知っておるぞよ」という顔をしている竈猫の姿が目に浮かびます。

〈竈猫人の話を聞いてをる〉

一見すると寝ているようですが、猫の耳だけが思い出したようにぴくぴくと動くことがあります。これまた存在感のある姿です。

〈竈猫代官屋敷守りけり（阿波野青畝《あわのせいほ》）〉

ただ竈に入っているだけの猫でも、場所は由緒ある代官屋敷です。まるで代官の生まれ変わりとして鎮座しているかのようです。

天竺《てんじく》の血をひく竃猫なれば

青山茂根《あおやまもね》

天竺とはペルシャのこと。同じ竃猫でも、高貴なペルシャ猫の血をひいているとさらに威厳がありそうです。じっと動かない猫のまわりにだけ、そこはかとなく妖しい雰囲気が漂っています。

〈抜け穴のあるやも竃猫の下〉

ハインラインの「夏への扉」に登場する牡猫のピートは、冬であっても夏に通じる扉を探しますが、竃猫の下にもひそかに異次元へ通じる穴が開いているのかもしれません。それを人間たちに悟られないように猫がじっと動かずに隠していると考えれば、楽しい奇想が広がります。

〈向こうまで覗いてもどる竃猫（久保純夫）〉

この「向こう」も異世界のことでしょう。人間には見えない世界を覗いてきたあとは、素知らぬ顔で竃猫に戻るのです。

老猫の一つ押へし福の豆

岡野《おかの》イネ子《こ》

竈猫の次は老猫です。

節分の豆まきは、恰好の猫じゃらしになります。ほかの猫が浮き足立って福豆を取ろうとしているのに、老いた猫はいっこうに手を出そうとしません。

それでも、近くに豆が飛んできたとき、「ぺしっ」と前足で押さえてむかしの片鱗を見せてくれました。老いても猫は猫なのです。

〈欠伸してのびしてやをらかまど猫〉

これも猫の動きをよく観察した句。あくびとのびをして、さて動き出すのかと思いきや、竈猫になってしまいました。

〈四季薔薇や産後の老猫日の石に（中村草田男《なかむらくさたお》）〉

老猫からもう一句。いくたびもお産をしてきた老猫と四季咲きの薔薇が美しく響き合います。つとめを終え、日当たりのいい石の上で目を細めている猫の充足感が伝わってきます。

子を抱いて睡《ねむ》る親猫みどり映ゆ

横山房子《よこやまふさこ》

親子猫です。大事そうに子猫を抱いて、親猫が眠っています。そこに緑の影が恩寵《おんちょう》のように差しています。なんとも癒される光景です。

作者はほかにも優れた猫俳句を多く残しています。

〈梅雨晴間みしらぬ猫が部屋抜ける〉

見知らぬ猫が疾走していくわずかな時間と梅雨の晴れ間が、悦ばしく響き合います。

〈黒猫を容《い》れて酷暑の鏡澄む〉

厳しい暑さでも、黒猫が映る鏡の中だけは涼しそうです。

〈暗闇に猫の登りし梅匂ふ〉

見えなくなった猫が変化したかのように梅の香りが漂ってきました。

〈良夜の猫戻ればまろき膝に載す〉

「よく帰ってきたね。今夜はお月さまがきれいだね」などと話す声が聞こえてきそうです。

子猫われにまかせ親猫涼風裡《り》

大野《おおの》林火《りんか》

裡は状態を表す漢語に付いて、そういう状態にあることを示します。高校野球の勝利校の校歌が流れるところでは、いまでは「同校の校旗を掲揚して……」とアナウンスされますが、かつては「校旗の掲揚裡に」でした。

ここだけ解説しておけば、句の意味はもう明らかでしょう。子猫の相手は飼い主に任せて、親猫は気持ちよく涼しい風に吹かれています。

〈犬猫仔牛それぞれ昼寝百合ひらく〉

みんなお昼寝中です。風の描写はありませんが、心地いい風が吹いていそうです。

〈親とゐてはらから多き子猫かな（山口波津女《やまぐちはつじょ》）〉

「はらから」はきょうだいのこと。一緒に親猫のお乳を飲んでいるところかもしれません。

〈眼つむりて親のそばなる子猫かな〉

親のそばにいる子猫の安心感が伝わってきます。

うどん屋のネコは本日留守である

武藤《むとう》雅治《まさはる》

ここからは看板猫です。

うどん屋にはおなじみの看板猫がいますが、あいにく今日は姿が見えません。「本日休業」の掛け札とそこはかとなく響かせたユーモラスな句です。

〈吾輩の猫は本日居留守なり〉

これは対になる一句。外で猫のなき声がしますが、飼い猫は反応しません。猫も居留守を使うのでしょうか。

歌人でもあり、評論集もある才人には、ほかにも楽しい猫の句があります。

〈ゆきずりの猫にしきりに道を訊く〉

斑猫《はんみょう》には「道おしえ」の異名がありますが、猫は頼りにならなさそうです。

〈秋雨に濡れて子猫の平気なり〉

「子猫の平気なり」という巧みな文体が子猫の元気さをたしかにとらえました。

いちじくや果物屋の猫二十歳

白石《しらいし》冬美《ふゆみ》

声優やラジオパーソナリティとして有名な作者は猫好きとしても知られ、『猫のしっぽ』という優れた猫バカ句集を出しています。

これはそこに登場する看板猫。昨今の猫はずいぶんと長生きになりましたが、それでも二十歳は長寿です。果物屋に通う客たちにかわいがられてきた猫生には、通好みのいちじくの味が似合います。

〈お日さまの匂いをさせて仔猫かな〉

〈雨だれを子猫が読んでる窓ガラス〉

晴れの日でも雨降りでも、子猫のかわいさは無敵です。

〈かぎしっぽ陽炎《かげろう》釣る猫塀の上〉

うちの茶白の猫もそうなのですが、ひょいと曲がった短いかぎしっぽは実にかわいいものです。塀の上の猫は、お魚ではなく陽炎を釣っているように見えます。

自動ドアから入る電気屋さんの猫

草地《くさち》豊子《とよこ》

現代川柳から看板猫を一匹。

電気屋さんの猫なのですから、自動ドアから入っても不思議はありません。そもそも、手動ドアを開けて入ってきたりするほうが驚きます。

しかし、こういう注目の仕方（世界の切り取り方）をすると、まるで猫まで電気仕掛けみたいに思われてくるから不思議です。この世界はささやかな驚異に満ちています。

〈魚屋に雪の色して猫飼われ（宇多喜代子）〉

ほかにも看板猫は随所にいます。魚屋には氷がつきものですし、雪の色をした猫は存外に似合うかもしれません。

〈猫の子の膳に随《つ》き来る旅籠《はたご》かな（松藤《まつふじ》夏山《かざん》）〉

旅館やホテルにも看板猫はいます。これは明治の句ですが、看板猫の愛らしさはむかしもいまも変わりません。

第5章

猫がいる暮らし

猫と人間が織り成す物語があります。猫のおかげで豊かになった人生があります。名前をつけ、えさをやり、話しかけ、ともに眠る、猫がいる暮らし……。そんなさまざまな暮らしを詠んだ句を集めてみました。

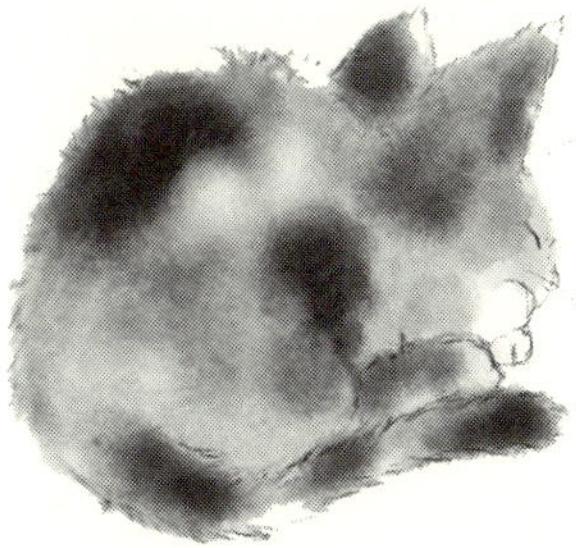

猫の棲む星や明るくあたたかし

津久井健之

「猫のいる暮らし」の幕開けは、この一句から。

「たとえば君がいるだけで……」と始まるヒット曲がありましたが、身近なところに「猫がいるだけで」この地球という星はどんなに明るくあたたかいものになっていることでしょう。たとえ飼い猫はいなくても、この星には無数の愛らしい猫が棲んでいます。作者のコメントによれば、「あらためて猫の棲む星に生まれてきたことに感謝」。

〈猫の毛にまみれしスーツ冴返る〉

猫と暮らしていると、いつのまにか服が毛だらけになっていたりします。衣装ケースなどに入れておいても安心はできません。前にも書きましたが、いつのまにか猫の寝床になることがありますから。

たまにスーツを着る機会があって取り出してみると猫の毛だらけで、あわてて粘着テープで取る羽目になったりします。

初凪《はつなぎ》や神創られし猫とゐる

藤木魚酔

まえがきでもちらりと書きましたが、猫という生き物をしげしげとながめていると、なぜこのような美しく愛らしいものがこの世界に存在しているのか、といっそ不思議な気持ちになってきます。筆者にはとくに信仰はないのですが、こと猫に関するかぎり「神創造説」に与したいほどです。

〈春愁や猫このところ簞笥《たんす》の上〉

猫は気持ちのいいところを探し当てる天才です。ことに風通しが良くて高いところは猫好みで、折にふれて神さまのごとくに降臨します。うちでは神棚に神さまが現れたと言ってありがたく拝んでいます。

〈白猫のどさと倒るる夏座敷〉

猫がいきなり行き倒れるようになったら、もう夏です。夏の季語として「猫倒る」があってもいっこうにおかしくはないでしょう。

家猫にシャンプーリンス日脚伸ぶ

北村紅恥庵《きたむらこうちあん》

猫はきれい好きですから、べつに洗わなくても美しい体をしています。うちではもう久しく洗っていませんが、定期的に洗っている家もあるでしょう。いずれにしても、日脚が伸びてあたたかくなってからのほうが猫にも良さそうです。

〈恋猫の沙翁《さおう》役者で登場す〉

沙翁とはシェイクスピアのこと。その劇の主役のように、恋猫が登場しました。言葉の調子のいい、句集『恋猫』の表題句です。

〈枝豆や気位高き猫とゐて〉

なにぶん気位の高い猫ですから、庶民の食べ物には見向きもしてくれません。

〈恋猫の足洗ひやるおとなしや（星野《ほしの》立子《たつこ》）〉

猫を洗う俳句に戻ります。精一杯の抵抗を見せる猫もいますが、この恋猫はいやに従順です。あるいは恋で精一杯で、それどころではないのかもしれません。

猫が子を産んで二十日経ちこの襖《ふすま》

河東碧梧桐

たくさんの猫と暮らしていると、家の随所がぼろぼろになってしまうのは仕方のないところです。作者の新傾向俳句から、襖の惨状と破調の響きがよく合っている一句を選びました。

〈星月夜ペン転がせば猫のきて（岩淵《いわぶち》喜代子《きよこ》）〉

こちらは凶暴ではない動きの猫です。箸が転がってもおかしい年ごろと言いますが、何が転がっても子猫には猫じゃらしになります。

〈人間が猫に加はり日向ぼこ（山田《やまだ》弘子《ひろこ》）〉

一方、こちらはじっと日向ぼっこをしている猫です。

「ちょっとまぜてね」

小声でそう断って一緒に日向ぼっこをしてみると、まるで自分も猫になったかのような気持ち良さです。

泣き笑い我が人生は猫といた

戸辺好郎《とべよしろう》

川柳句集『猫のうた』からの一句です。

現代詩の一翼を担う前衛川柳とは違って、伝統的な川柳を詠む人です。隣町の短歌に目を転じると、ユーモアとペーソスにあふれた歌集『猫とみれんと』の作者・寒川猫持《さむかわねこもち》がいますが、川柳ならまずこの人この句集でしょう。

〈自分史の索引に猫の名がずらり〉

そう言うくらいですから、思わず微苦笑を浮かべる猫バカ川柳が次々に登場します。まとめて紹介してみましょう。

〈また増えた切手図鑑と猫図鑑〉

と、飼い主が猫図鑑をながめて楽しむのならともかく、

〈カタログの世界の猫を野良覗き〉

これはおかしい。「毛がふさふさしてて（耳が曲がってて、足が短くて、など）へんな

おともだちだにゃ」と野良上がりの猫は思っているのでしょうか。

〈「撮って貼る」猫アルバムも三冊目〉

筆者もクローズドの設定にしてあるSNSには折にふれて飼い猫の写真を投稿しますが、これは最もアナログな楽しみ方ですね。

〈表札の二世帯　実は猫と人〉

〈表札にネコの名前も三つ添え〉

拙宅の表札にも猫の絵は入っていますが、猫の名前をすべて入れるのはもはや猫気《びょうき》と言ってても過言ではないでしょう。

〈肩書きの取れた余生を猫と生き〉

もう何に気を遣わなくてもいいリタイア後の人生には、気ままな猫がよく似合います。

〈つまりそのどう転んでも猫は猫〉

まったくそのとおり。猫はそこにいるだけで猫であり、猫でしかありませんが、猫でしかないがゆえに、人を心から癒してくれます。

〈世は愉しぞっこん愉し猫飼えば〉

最後に猫も寝られる座布団を一枚差し上げて、この項目を終わりたいと思います。

猫といる時間がとてもやわらかい

玉利《たまり》三重子《みえこ》

こちらも川柳作家で、句集『猫のひげ』があります。
やわらかい体の猫のまわりは、空気も何がなしにやわらかくなっているように見えます。
しかし、猫といる「時間」が「やわらかい」というのがこの句の発見で、「落ち着ける」「くつろげる」などの代わりに用いると新鮮に感じられます。

〈町内のことに詳しい猫のひげ〉

こちらは表題句。ひげをぴくぴくさせながら、猫はいつもの場所をパトロールします。

〈一切れの鮭分ち合ひ猫と住む　(石橋《いしばし》登美雄《とみお》)〉

句集『猫と住む』が一冊だけある人で、決して上手な句ではありませんが、人生の重みのかかったしみじみとした味があります。

〈日向ぼこ嫗《おうな》も猫も背の丸き〉

嫗は作者の老妻でしょう。これも絵になる光景です。

婆どのが猫とものいふ朧かな　上甲平谷《じょうこうへいこく》

ここからは猫との会話です。

猫を飼っているとごく普通に猫に話しかけたりしますが、それはひとえにさしたる取り込みごとがない証です。何と話しかけたのかわからないところと外の朧が、いい按配に響き合っています。

〈恋猫の形相宇宙は膨張する〉

作者は俳句の世界に折にふれて現れる仙人系の俳人です。こういう人は、老境になっても枯れるどころかどんどん突拍子のない方向へ暴走したりします。この恋猫の句なども暴走老人ならではです。

〈うららかや猫にものいふ妻のこゑ（日野草城）〉

もう一句、奥さんが猫に話しかけている句を。「うららかや」も平和な光景によく合っています。

猫に言ひ風邪寝の母に告げて出づ

殿村《とのむら》菟絲子《しこ》

風邪で寝込んでいるお母さんを家に残して出かけるのは心配ですね。お母さんに声をかけるのは当然ですが、飼い猫にも「お母さんをよろしくね」とひと言かけていきました。

〈日本語を少し解して仔猫かな　（鈴木《すずき》鮎子《あゆこ》）〉
〈アメリカの鈴はよく鳴り仔猫飼ふ〉

海外で暮らしている人が日本語で話しかけたところ、子猫はそれに応えてくれました。「日本語を少し解して」という控えめな才気が好ましい句です。

父との合同句集に収録されている句で、句碑まである父の自信作は次の句。

〈学窓を出て五十年仔猫抱く　（鈴木素風《そふう》）〉

社会人になって仕事をやり遂げたあと、いまは隠居の身になって何にもわずらわされることなく子猫を抱いています。これも生涯の一句と言えるでしょう。

猫の子の真白がポーと名づけらる

吉住《よしずみ》達也《たつや》

ここからは猫の名前に関する句を集めてみました。

エドガー・アラン・ポーの名作に「黒猫」がありますが、あえて白猫にポーと名づけました。句集『猫のポー』のいわれになった一句です。

〈バルコンの猫はロミオと鳴きにけり〉

こちらは「ロミオとジュリエット」を踏まえた楽しい句。たしかに猫はまれに「ロミオ」となきそうです。

〈竈猫まなこに〆をしてをりぬ〉

この「〆」も感じが出た表現で、作者の才気が感じられます。

〈猫の子を追へば浅草六区かな〉

浅草を舞台にした俳句はいろいろありますが、このさりげない猫の句にもなかなかに味があります。

忘れ雪と名づけし猫が見あたらぬ

藤原月彦《ふじわらつきひこ》

忘れ雪はなごり雪とも言います。白猫でしょうが、どういう柄が入っているのか、帰ってきてくれたのかどうか、おのずと想像がふくらむ一句です。

〈モンローと名付けられたる猫の恋（黛《まゆずみ》まどか）〉

同じ猫の名前でも、線の細い忘れ雪とはずいぶん違います。いかにも猫の恋が似合う名前です。

〈内《うち》のチョマが隣のタマを待つ夜かな（正岡子規《まさおかしき》）〉

こちらは和風の名の猫同士の思わずなごむ光景。チョマとは猫を指す方言のようです。

〈名付けられ子猫この世を生き初むる（照屋眞理子）〉

名をもつことによって、人と猫との暮らしはより緊密になっていきます。

〈名は祈り猫の子に付けやるときも（同）〉

まさにそのとおりです。猫の名には飼い主のそれぞれの思いがこもっているのです。

買初の小魚すこし猫のため

松本《まつもと》たかし

猫にえさをあげるのは飼い主の日々のつとめです。年の初めに買った小魚は、猫のために少し多めになりました。

〈猫飼へば猫が友呼ぶ炬燵《こたつ》かな〉

能役者の家に生まれたこの病弱で上品な作風の俳人には、猫がとてもよく似合います。自身も多頭飼いで猫がいる暮らしを楽しんでいました。

「おいでよ、ここはあったかいよ」とばかりに、猫が友を呼んでいます。思わずほっこりする光景です。

〈猫と居る庭あたたかし賀客来る〉

寒々とした冬の庭も、猫が一匹いるだけであたたかく感じられてきます。

〈二つ出て一つ炬燵に春の猫〉

多頭飼いならではの光景。「一つ」「二つ」という数え方も味があります。

小食の猫を励ます夏の月

桑原三郎

陽気の変わり目などには猫の食欲が落ちてしまい、飼い主は心配させられます。また、病気などの理由で、猫が弱っているのにいっこうにえさを食べてくれないときは、本当に気がかりでたまりません。

うちも庭で保護した子猫がえさを食べてくれず、死ぬかもしれないとお医者さんに言われてずいぶん気をもんだのですが、詰まっていた鼻が治ってからは食欲が出て、いまはダイエットに苦労するほどの大猫に育ちました。

〈火の元と風邪ひきの猫心配す〉

これも猫を気遣う一句。

〈猫の手のしつとりとして夏椿〉

猫が眠そうにしているとき、そっと握手してみると、いい感じにしっとりとしていることがあります。

桃の日や見合の席に猫もゐて

明隅礼子

見合の席に縁を取り持つ人がいて、頃合いを見て席を外して二人だけにするのが常道ですが、なぜかここには猫もいました。見合の席になった場所で飼われていた猫なのか、男女どちらかが連れてきたのか、いずれにしても、この猫がめでたく縁結びの神になってくれるかもしれません。桃の節句にぴったりのほんわかした光景です。

〈置き去りの手袋に猫来てをりぬ〉

これも謎が謎のまま終わる物語です。手袋はだれのものなのか、どうして置き去りにされたのかまったくわかりませんが、猫は名探偵よろしく臭いを嗅いだりしています。

〈青あらし猫が頭突きをして去りぬ〉

猫がいきなり頭突きをしてくるのは愛情表現の一つです。青葉をさあっと揺らしながら吹く風に、そのさまはよく合っています。

借りて来し猫なり恋も付いて来し

中原道夫

俳句には短篇小説のような味わいの作品もあります。この句もその一つに数えられるでしょう。

借りてきた猫のようにおとなしいと言われますが、普通はあまり猫を借りるという状況にはならないでしょう。どういうわけかそういうことになって、飼い主との恋に発展したという楽しい句です。

手垢のついた「猫の恋」を踏まえて、猫がキューピッド役になる「人の恋」に転化させた、いかにも才人らしい機知の句です。

〈恋かしら猫と眠ってばかりいる（中山美樹《なかやまみつきい》）〉
〈猫に噛ませる恋占いの指の先〉

こちらは飼い主の恋の句。どういったシチュエーションで登場しても、猫はいい役者をつとめてくれます。

青春は猫いっぴきに暮れにけり

筑紫《つくし》磐井《ばんせい》

俳句ならではの情報量の少なさで、「猫がいる物語」の部分をいろいろと想像で補えそうです。

むかし猫を飼っていて、いま思えば、あの猫と暮らした日々が青春時代だったという回想でしょうか。ひらがなで「いっぴき」という四文字の表記が漢字二文字より存在感を増しています。

〈僕の周りに猫の魂ふはふはす〉

これも謎めいた一句。ふわふわと漂っているのは、かつて飼っていた猫の魂なのでしょうか。

〈さよならを下さいあなたのその子猫 （五十嵐《いがらし》進《すすむ》）〉

別れる代わりに子猫を一匹もらうということなのでしょうか。どこか割り切れない不思議な状況です。

春月や猫がゐるゆゐ帰る家

手塚美佐《てづかみさ》

「猫がゐるゆゐ帰る家」は典型となるフレーズです。あたたかみのある春月もよく合いますが、ほかにもいろいろな季語を配することができそうです。

家路をたどっていると、「ああ、もうすぐ猫がいる家に帰れる」と思わず足が早まります。そういえば、旧かな表記の「ゐるゆゐ」は思い思いの姿勢で丸まって寝ている猫たちのようです。

〈大寺に猫の切り穴春障子〉

いかめしい構えの大きな寺ですが、ふと見ると、猫の通り道とおぼしい穴がしつらえられています。それがあるだけで、春の障子はあたたかく感じられます。

〈夕顔ほどにうつくしき猫を飼ふ（山本洋子《やまもとようこ》）〉

猫の美しさを花にたとえるのなら、何がふさわしいでしょうか。その答えがここにあります。たしかに、朝顔やひまわりでは明るすぎます。夕顔は絶妙でしょう。

猫に来る賀状や猫のくすしより

久保《くぼ》より江《え》

うちの猫にも「猫のくすし」からワクチンの案内のハガキなどが折にふれて到来します。作者はエッセイ「私の猫のはなし」もある猫好きで、多くの猫俳句を残しています。

〈泣き虫の子猫を親にもどしけり〉

子猫を手にとってかわいがろうとしたところ、身も世もあらぬなき方をするので、そっと親に戻してやりました。親猫がすぐ毛づくろいをしてあげたかもしれません。

〈不器量の小ねこいとしや掌《たなごころ》〉

ちょっと器量の悪い子猫ほどかわいいものはありません。ただし、まだ手のひらに乗るほどの大きさですから、これから美猫に変わるかもしれませんね。

〈籐椅子に猫が待つなる吾家かな〉

家のあるじのような顔をして、猫は籐椅子に寝そべって飼い主の帰りを待っています。そんな猫がいる場所こそ、帰るべきわが家です。

どの猫も世界一なり冬籠り

松本恵子

再登場の作者の小説作品は、『松本恵子探偵小説選』（論創社）にまとめられています。わりと平凡な名前ということもあり、かつての女流探偵小説家と一冊猫づくしの句文集の作者の一人二役をなかなか見破ることができませんでした。

さて、表題句は思わずうなずく一句。「うちの猫がいちばん」とはよく言われますが、たとえ飼い猫でなくても、べつに美猫じゃなくても、猫は猫としてこの世に存在しているだけで世界一なのです。

〈秋深し抱けばずしりと猫育ち〉

小さかった猫がずっしりと重くなるのはうれしいものですが、育ちすぎると今度はダイエットが心配になってきます。

〈今日も又猫に起され初日出〉

このように、猫との暮らしは一年中楽しく続いていきます。

猫町へ人体模型を売りにゆく

水野《みずの》真由美《まゆみ》

ここからは「猫町」がテーマです。

第6章のキャット・ミュージアムの特別展示にするかどうか迷ったのですが、人との暮らしに隣接するものなので、橋渡し役としてこの章のしめくくりにしました。

人が暮らしている町では猫のぬいぐるみやおもちゃが売られていますが、猫町では人体模型の需要があるのかもしれません。楽しい奇想の句です。

〈バスに乗る猫みな持てり木の実独楽〉

想像すると思わず表情がゆるむ一句です。ねこバスではなく、バスの乗客がみな猫なのですから。

〈桐の花咲いて猫町十三番地〉

流行歌の舞台となった港町十三番地はいかにも実在しそうな架空の町ですが、この淡い紫の花が咲く猫町十三番地もどこかにあるような気がします。

サルビヤの咲く猫町に出でにけり

平井照敏

第一句集『猫町』の表題句です。

無駄な力の入っていないごく普通の俳句の文体であるだけに、猫町の出現という奇蹟にまことらしさが与えられています。

それをさりげなく演出しているのは「さ」の頭韻です。風がさっと吹いて、サルビヤの花が揺れたかと思うと、そこはもう猫町です。

〈青芒《あおすすき》より現れぬ猫の顔〉

こちらは「あ」の頭韻です。猫をまことしやかに出現させるための優雅な手つきのマジックを見ているかのようです。

〈猫町の流星またも長居する（前田《まえだ》圭衛子《けえこ》）〉

流星も猫町はすぐ立ち去りがたいのでしょう。楽しい絵が浮かぶこの句を最後の橋渡しとして、第6章のキャット・ミュージアムに移ることにします。

第6章　猫がいる風景

――キャット・ミュージアム

ようこそ、キャット・ミュージアムへ。ここは世界でただ一つ、猫の絵だけを蒐《あつ》めた美術館です。日本画から油絵を中心とする洋画、さらにはパステル画まで、三つのギャラリーに猫の絵を展示してみました。特別展示室もあります。どうかゆっくりとご鑑賞ください。

ギャラリーⅠ　日本画

山畑や猫かへり来る花曇《はなぐもり》

村上鬼城《むらかみきじよう》

ギャラリーⅠは日本画です。この大家の全句集を繙《ひもと》くのは三度目。『怖い俳句』『元気が出る俳句』では残念ながら採れなかったのですが、動物をテーマにした句が多い作者ですから、猫俳句はかなりの数を見つけることができました。

どの句も日本画になりそうな奥行きをもっています。花曇とは、桜の花が咲くころのぼんやりとした曇天のこと。冷たい灰一色ではなく、そこはかとないあたたかみも感じられる言葉と、山畑を縫うように帰ってきた猫の姿が響き合っています。

〈雷や猫かへり来る草の宿〉

同じ「猫かへり来る」句を、べつの季節でも鬼城は作っています。雷は夏、草深い田舎の名もなき宿で稲妻が光りはじめたころ、猫が帰ってきました。稲妻の黄色と草の緑、色彩の取り合わせが鮮やかです。

〈山月に猫かへり来る夜寒かな〉

山あいの寒々とした月あかりに照らされながら、猫が戻ってきます。「山月」と「夜寒」の季重なりが底冷えのする寒さを醸成していますが、猫だけがわずかなあたたかさを有しています。

〈春の猫磯の月夜を鳴きわたる〉

同じ月でも、こちらはうるんだ春の月です。広がりのある海景のなか、恋猫が大きく口を開けてないています。

〈橋の上に猫ゐて淋し後の月〉

「後の月」は旧暦九月十三夜の月のこと。この橋はそれなりの高さで、ぽつんと一匹たたずんでいる猫の姿が、晩秋の月あかりに照らされて切り絵のようにしみじみと見える――そんな風景が浮かんできます。

〈稲の中を猫這ひ歩く夕日かな〉

逆光の夕景のなか、猫が道を探しながら実りの田の中を歩いています。風に揺れる稲穂も猫の毛並みも夕日で赤く染まっています。

〈猫老いて鼠もとらず炬燵かな〉

功成り名遂げると人間では言われますが、さしずめ猫ならこういう姿でしょうか。

若竹や縁にうつりて猫とほる

大峯《おおみね》あきら

緑と空目しそうになりますが、縁です。さわやかな緑の若竹の縁に、悠然と通っていく猫の姿が映っています。

竹といえば画題になるのは虎ですが、ここでは猫であることが俳諧的な面白さです。切り取られている光景はあくまでも若竹に映る猫ですから、精彩のある絵にするためにはかなりの技量が求められるかもしれません。

〈恋猫にまつくらがりの浮御堂《うきみどう》〉

浮御堂は琵琶湖に突き出した高名な仏堂で、「堅田《かたた》の浮御堂」と呼びならわされています。近江八景で描かれるのは落雁《らくがん》ですが、ここに登場するのは恋猫です。

満月寺浮御堂というのが正式な名ですが、月はなく、恋猫のどこか物悲しいなき声だけが響いています。闇なる光景でも、黒の階調によって巧みに表現することは可能です。これまた描き手の腕が問われる構図でしょう。

木の股の猫のむこうの空気かな

橋閒石

木の股に、猫がいます。座っているのか、寝そべっているのかわかりません。どんな柄の猫なのかもわかりません。

「の」の連打によって、少しずつ焦点が絞られていきます。しかしながら、最後にクローズアップされるのはただの空気です。色も何もない、ただの空気にすぎません。それ以外の情報はいっさい与えられていません。

にもかかわらず、そこが世界の果てであるかのような、かすかな神秘に空気も猫も染められます。猫と空気が生み出す、ささやかな奇蹟。心が妙に洗われる句です。

〈猫よぎる玉葱畑の風光る〉

〈猫消えし螺旋階段みどりに塗る〉

ささやかな奇蹟はここにもあります。猫の出現によって、玉葱畑の風も、螺旋階段の色も、世界のなかで精彩を取り戻します。

日のまひる猫のたましひ見てゐたり

高橋龍《たかはしりゅう》

真昼とはいえ、燦々と降り注ぐ陽光ではありません。太陽にはぼんやりとした暈《かさ》がかかっていて、それが猫のたましいのように見えます。あるいは愛猫をなくしたばかりで、何を見ても猫が思い出されてくるのかもしれません。

〈猫の墓へ向日葵影を投げてやれ〉

これはよりストレートに感情が伝わってくる句。亡くなった猫を思う飼い主の気持ちに打たれます。

〈暖房の猫絨毯《じゅうたん》の花に住む〉

一転して、これは生きている猫が安らかに眠っている図。絨毯の花に住む猫の安楽な様子に心がなごみます。

〈刈麥《かりむぎ》を猫が越えゆく何処《いずこ》まで〉

構図と遠近法に注意すれば、印象に残る絵になりそうです。

黒猫がゐる高窓のからす瓜

石原八束《いしはらやつか》

高島野十郎《たかしまやじゆうろう》という画家がいます。蠟燭《ろうそく》や月などを好んで描いた孤高の画家ですが、からす瓜も好んで描きました。

つややかに赤く光るからす瓜と黒猫との取り合わせが鮮やかです。猫はいわゆる「窓猫さん」で、ガラスの向こう側にいます。句の出だしは「黒猫」ですが、少しずつ後景に下がって、高窓の壁に貼りついているからす瓜の赤に焦点が絞られます。

初めは黒猫だけをとらえていたカメラがぐっと引いていって、窓の高さが伝えられるとともに、からす瓜の赤さが世界に出現します。このメカニズムが鮮やかです。

たとえば、「からす瓜黒猫がゐる高窓に」だったらどうでしょう。句が説明的にすぎて、からす瓜も黒猫も精彩のないものになってしまいます。

もう一度表題句を見ると、最後に赤いからす瓜に焦点が当たることによって、黒猫の存在感も増していることに気づかされます。

秋の日や猫渡り居る谷の橋　原石鼎《はらせきてい》

絵の構図によって、描かれる猫の大きさもおのずと変わってきます。下から見上げる谷の橋を、秋の日を浴びながら猫が渡ってきます。機嫌よくしっぽをぴんと立てた猫のシルエットが目に浮かぶかのようです。

〈いわし雲城の石垣猫下り来　（森澄雄）〉

背景のいわし雲も構図に入っていますから、この猫の姿も大きくありません。しかし、俊敏に石垣を下りるシルエットだけで猫だとわかります。その猫を先駆けとして、いわし雲から兵が大挙して押し寄せてきそうです。

〈流水を見てゐる秋の子猫かな　（高橋淡路女《たかはしあわじじょ》）〉

こちらは猫と絵の視点がほぼ一致しています。前足をかわいくそろえ、流れる水をじっと不思議そうに見ている子猫が大きく描かれています。とりわけ、驚異に見開かれた子猫の瞳が印象的です。

春猫の頭《づ》に被ぶせたる御僧《ござう》の掌《て》

河野《こうの》静雲《せいうん》

俳句で焦点を当てられているのは僧の手ですが、読者に伝えられるのはその何とも言えない笑顔です。

「いい子だね」

と言って、優しく猫の頭に手がかぶせられます。僧がまとっているのは墨染めの衣ですから、猫は白か茶が映えそうです。

季節は春。背景には桜が咲いています。僧と猫の表情ばかりでなく、色彩の取り合わせも楽しめる絵になりそうです。

〈親に似し子猫一つをのこしけり〉

子猫がたくさん生まれると、すべて育てることはできませんから、残す猫を選んであとは里子に出すことになります。ここでは親猫に似た子猫を一匹だけ残しました。猫の柄をうまく描ければ、楽しい絵になるでしょう。

ギャラリー Ⅱ 洋画

死ににゆく猫に真青の薄原《すすきはら》

加藤楸邨

洋画を集めたギャラリーIIでは、名高い大作からごらんいただきます。

ネガティブな猫俳句は採らない方針ですが、ここでは「死ににゆく猫」が描かれています。死期を悟った猫は、その死をだれにも見られないように姿を隠すと言われますが、大作にぽつんと描かれた猫は、いままさに死ににゆこうとしています。

あたりはいちめんの薄野原です。「真青の」と鮮やかな色が付与されているところを見ると、曇天ではなく、世界は光に満ちあふれているのでしょう。それはまた、死期を悟って死ににゆく猫に対して与えられた恩寵であるかのようです。

たとえほどなく死ぬとしても、この高貴な猫にはまた新たな転生の命が与えられるかもしれません。

卑小だけれどもたしかな命を宿した存在と、世界の広がりとの対比が見事です。観る者の心を打つ大作です。

覚めし猫目があをあをと牡丹雪

加藤知世子《かとうちよこ》

楸邨夫人の句にも「あを」が登場しますが、それはいま目覚めたばかりの猫の生命力に満ちた目の色です。背景では牡丹雪が舞っています。猫の目の青と、降りしきる雪の白。コントラストが鮮やかな句です。

〈覚えきし英語を猫に四温の手〉

覚えたての英語を猫に聞かせたのは子供でしょう。どんな言葉をかけたのかはわかりませんが、三寒四温のあたたかい日にふさわしい光景です。

もう一句、楸邨のお弟子さんの句を紹介してみましょう。

〈猫と語る楸邨の声梅雨ふかし（中嶋秀子《なかじまひでこ》）〉

鬱陶しい梅雨どきでも、その声が聞こえてくると、多少なりとも心が晴れてくるような気がします。

微熱ありきのふの猫と沖を見る

西東三鬼《さいとうさんき》

猫との距離感が絶妙な句です。

微熱があって体調が芳しくないと、猫をなでたりする気にはなりません。さりながら、昨日も波止場にいた猫は逃げもせず、近くでおすわりしています。その猫と一緒にぼんやりと沖を見ているという、どこかアンニュイな句です。

三鬼のようなヒゲを生やした中年男だと絵になりませんから、主人公は少女がいいでしょう。あるいは少年でもいいかもしれません。

構図が難しいですが、うまく決まれば人物と猫の表情の取り合わせが印象深い絵になりそうです。

〈猫が人の声して走る寒の闇〉

人の話し声のような声を発して猫が冬の暗闇へと走り去っていきました。鬼才と呼ばれた俳人らしい感覚の句です。

恋すみし猫ゐて画集黄に溢れ

野澤節子《のざわせつこ》

猫の絵の中に画集があるという構図になります。

ひまわりでしょうか、画集は黄色にあふれています。恋が終わった猫に、その色が妙に似合っています。

〈枯れし萱《かや》枯れし萱へと猫没す〉

リズミカルな足取りで、猫が枯れた萱に隠れてはまた姿を現します。カの頭韻のおかげで、猫の足運びまで浮かぶかのようです。枯れ野の広がりの中に一匹の動く猫を置けば、絵の奥行きも生まれそうです。

〈恋猫のかへる野の星沼の星（橋本多佳子）〉

恋猫の絵をもう一枚。

これも夜空の広がりと、ぽつんと野を帰る猫の対比がきれいなコントラストを見せています。洋画に分類しましたが、切り絵にもなりそうな構図ですね。

猫に猫の時間流るる春の雲

照屋眞理子

人と猫の時間の感覚はずいぶん違うでしょう。残念ながら猫になってみないと味わうことができませんが、ことに寝てばかりいる家猫の時間はゆったりと流れているような気がします。

この句では「流るる」が「猫の時間」と「春の雲」の両方に懸かっています。窓猫さんが一匹、おそとをぼんやりとながめています。空では春の雲がゆっくりと流れています。どこか不思議そうに雲をながめている猫の表情がうまく描かれている絵です。

〈きりもなく猫の眺める薔薇の雨（内野聖子）〉

同じように不思議そうにながめる図でも、こちらの猫は目をいっぱいに大きく見開いています。

薔薇に雨が間断なく降り注いでいます。その花弁を伝う雨のしずくが面白いらしく、身じろぎもしません。こちらの猫のほうがシルエットを大きく描かれています。

猫走る月のひかりの石畳

大木あまり

輪で遊ぶ少女が端のほうに描かれたジョルジョ・デ・キリコの超現実絵画を彷彿させる句です。

月あかりに照らされた石畳を、猫が軽快に走っていきます。石畳には、滑るように走る猫の影も映っています。ただし、動くものといえばそれだけで、どこか遠近法の狂った世界は静まり返っています。

〈秋風の猫がよぎるやカフェテラス〉

同じように猫が端のほうをよぎっても、こちらの絵には人の姿もあります。かすかに哀愁の漂うカフェテラスの光景が写実的に描かれています。

〈フランスパンにこはごは乗つて子猫かな〉

この絵にはフランスパンと子猫と背景の壁紙しか描かれていません。何と言っても子猫の愛らしい表情が眼目です。

花野ゆく私の棺猫かつぐ

糸山由紀子

病弱で猫を友として生きた人らしい幻想画です。亡くなってしまった飼い主の棺を、猫たちがかついで粛々と花野を進んでいきます。棺といっても簡素なもので、眠っているような死に顔もはっきりと見えます。猫たちの飼い主を悼む表情に打たれる絵です。

〈茫々《ぼうぼう》と猫族とゐる花の世を〉

はるかに世界が遠くまで広がっていくさまを「茫々」と言います。とりどりの花が咲く野原が彼方にまで広がっています。その野のあちこちに猫の姿が見えます。

野遊びをしたくても体の自由が利かない作者の代わりに、猫たちが花野で存分に遊んでくれています。どの猫も作者の分身のようです。

〈芒野《すすきの》にふしぎな猫が沈みゆく〉

これも印象深い幻想画です。

他界に続いているかのような芒野原の果てへ沈んでいったのは、果たしてどんな猫なのでしょう。「ふしぎな」としか描写されない猫の色や柄や表情などは読者の想像にゆだねられています。

〈春の夢に桃よりうまれし白き猫〉

桃から生まれるのは桃太郎ではありません。純白の猫です。汚れてしまったこの世界を浄化させる使者のごとき一匹の猫は、桃の産毛が育ったようなきれいな毛並みをしています。これは絵画より映像作品で観たい気もします。

〈猫消えたあたり常世の出入口〉

インターネットで検索してもめぼしい句集評が一つもヒットしなかったほぼ無名の俳人なのですが、句集『猫曼陀羅』に収められたいくつかの幻想画は長く記憶に残るべき作品でしょう。

最後の一枚は、渾身の大作。夕日の芒野原でしょうか。猫の残像だけがかすかに漂っています。そこまでたどり着くことができれば、もう何にも悩まされることのない猫浄土が広がっているのかもしれません。

冬空や猫塀づたひどこへもゆける

波多野《はたの》爽波《そうは》

大作が続きます。もっとも、こちらは俳句スポーツ説を唱えた全句集もある大家で、表題句も猫俳句としては有名な作品です。

冬空がいちめんに広がっています。下界のほうでは、猫が一匹、しっぽをぴんと立てて塀づたいに歩いていきます。人間には通れないところも、猫なら平気です。塀づたいに歩き、あちこちにひょいひょい飛び移りながら、どこまででも進んでいけます。

大家の名作らしく、字あまりの効果が最大限に発揮されています。「冬空や猫塀づたひどこへでも」では、猫の歩みはせいぜい町内止まりです。世界の果てまで歩いていくような感覚は字あまりがあるからこそ生まれます。

また、「冬空や猫塀づたひどこへも行ける」と漢字表記にしてしまうと、それが猫の行く手を阻む障害物になってしまいます。下の句はどうあっても「どこへもゆける」でなければなりません。

青空のほかは子猫の三つ巴

岩淵喜代子

この絵も視点が低く、青空の質量が大きく設定されています。

これだけなら三匹の子猫と青空だけですが、この句には「東日本大震災」という詞書が付されています。これによって、背景の津波や地震の被災地の惨状が浮かび上がります。

多くの犠牲者を出した大震災ですが、被災地では青空の下、三匹の子猫たちがくんずほぐれつして遊んでいます。この子猫たちと生まれた土地に幸あれかし、と願わずにはいられません。

〈厚焼きの卵と猫と冬の海〉

こちらは三つの要素が配合された句。寒暖の配合が面白い句ですが、絵にするのは構図が悩ましいかもしれません。

〈月光の仔猫は舐め尽されてをり〉

この絵は子猫のアップ。子猫のほかに描かれているのは、愛情深い母猫の舌だけです。

この猫に遠き祖《おや》たち星冴ゆる

藤木魚酔

この句では、はるかに広がっているのは夜空です。

競走馬の血統をさかのぼっていくと、たった三頭の馬に行き着きます。それほどではありませんが、猫も血筋をどこまでもたどっていけば、いまは星になってしまった遠い限られた先祖に行き着くはずです。

血統書のついていない雑種の猫でも、猫は猫であるだけで、由緒正しい高貴な存在なのです。


〈この猫の前世おそらく夏の雲〉

いったいどんな猫なのでしょう。おそらくは気分屋で（猫はたいていそうですが）、気性の荒いところがあるのかもしれません。白い夏雲の背景が巧みに描かれた絵です。

〈猫の目のガラスの厚み冬に入る〉

最後はまたアップで。背景の寒色の冬空と猫の目の質感がうまく取り合わされています。

猫の目のみどりのなかの　蛾の溺死

安達昇《あだちのぼる》

美術館を訪れると、洋画の最後のほうによく前衛系の抽象画のコーナーがあります。実は具象画より抽象画のほうが好きだったりするのですが、さすがに猫俳句の前衛絵画は見つけるのに苦労しました。

かろうじて発見したのが、この一枚です。作者は高柳重信《たかやなぎしげのぶ》の「俳句評論」にも参加している前衛系俳人です。句集『猫の目』の表題句ですから自信作でしょう。

この絵では、大きな猫の目が描かれています。瞳が細長くなっているので、巨大な緑のものが猫の目だとわかります。

だまし絵も彷彿させる、極端にデフォルメされた構図は前衛絵画ならではです。

この一枚だけでは展示に華がないので、次は特別展示室にご案内いたしましょう。

猫の句なのに猫がいない絵、あるいは、猫ではないものに猫の幻影を見た絵。

そういった、「まぼろしの猫」や「不在の猫」を集めた特別展示室です。

特別展示室

うづくまるペルシャ猫ほど残る雪

北村周子《きたむらかねこ》

これぞまさしくまぼろしの猫です。

見えているのは、溶けずに残っている雪だけです。そのわずかに残った純白の雪に、作者はペルシャ猫のまぼろしを見ました。

師の鷹羽狩行に摩天楼から見える新緑をパセリに見立てた高名な機知の句がありますが、その衣鉢を継いで思わぬところにペルシャ猫を出現させました。句集『ペルシャ猫』の表題句です。

〈卯波という大きな猫をさわりにゆく（永末恵子《ながすえけいこ》）〉

荒々しい卯波を猫に見立てた句です。この大きな猫はうかつにさわると引っかかれて痛い目に遭うかもしれません。

このように、森羅万象にまぼろしの猫はさりげなくひそんでいます。「世界は猫でできている」と考えると、探すのが楽しくなりそうです。

夕顔や猫に化身のありとせば

藤本始子《ふじもともとこ》

もし猫に化身があるとするなら、この夕顔の花などはふさわしいのではないか……。そんな思いを上品な文体で詠んだ句ですが、底流している感情は悲しみのような気がします。

なぜなら、こんな句もあるからです。

〈転生のあらばや子猫もつれあふ〉

もつれ合う子猫を見ながら、「転生というものがあればいいのに」と作者は考えています。ということは、愛猫を亡くしたばかりで、この子猫が生まれ変わりならば……と感慨にふけっているのではないでしょうか。しみじみと心にしみる一句です。

〈老猫と夫と年越すことの幸《さち》〉

一転して、これは穏やかな喜びの句です。老猫と夫が達者で、一緒に年を越せることほど喜ばしいことはありません。

羅紗《らしや》売りが猫となりゆく春の夢　栗林千津《くりばやしちづ》

夢には夢の文法があります。羅紗は最後にけば立てて仕上げる毛織物です。そのあたりで猫の毛並みと通じるところがありますから、羅紗を売っていた人間が春の夢のなかで猫に変身するのにも少しは理がありそうです。

〈烏猫《からすねこ》飛んでのうぜん散りやすし〉

黒猫のことを烏猫と呼ぶ地域があります。不吉ではなく、福猫とされているという話も聞きました。この句は黒と赤との鮮やかな取り合わせ。のうぜんは赤いトランペット型の夏の花です。

〈花茗荷《はなみようが》猫の引越しはじまりぬ〉

よく見ると、猫にはけものへんばかりでなく、草かんむりも含まれています。草かんむりが続く花茗荷の次が猫の引っ越しなので、猫たちが荷物を大あわてで運んでいる楽しい絵が浮かんできます。

猫去りし膝月光に照らさるる

杉山久子

不在の猫の絵です。

描かれているのは、月あかりに照らされた飼い主の膝だけです。猫はもう去ってしまいました。もうここにはいない猫の気配をどう伝えて絵にするか、腕の見せどころです。

〈緑さす縁側に猫洗ひたて〉

一転して、こちらは猫が大写しになっています。どてっと縁側にころがっていますから、構図は取りやすい絵です。ただし、洗いたての毛並みですから、上手に描くのは存外に難しいかもしれません。

〈黒猫の去り月光は机まで（桂信子）〉

最後にもう一句、不在の猫の絵を。

月あかりが照らしているのは机です。黒猫はもういません。去っていった一匹の猫は、闇それ自体と同化してしまったかのようです。

ギャラリーⅢ　パステル画

月を見るひとりは猫を見てをりぬ

金子敦

最後のギャラリーⅢにはパステル画を集めました。暖色でファンタジーを感じさせる猫の絵をおもに採っています。

家族か仲間でしょうか、みんなできれいな月を見ています。ただし、一人だけは月より猫のほうがいいようで、じっとそちらばかり見ています。笑みを浮かべている少女などにその一人を設定すると、ほっこりするいい絵になりそうです。

〈猫の尾のしなやかに月打ちにけり〉

次は視点をぐっと下げた絵です。猫がしっぽを振ると、月をむちで打ったかのように見えました。同じ月と猫でも、視点によって構図はずいぶん違います。

〈春雨の雑木林に銀の猫〉

毛並みによって白猫が銀色に見えることがあります。春雨に濡れている猫ならなおさらです。毛並みばかりか、まなざしも印象に残るこの一枚は、水彩画のほうが合いそうです。

オリオンをぼくと猫とで見つめいる　青山久住《せいざんくずみ》

夜空と猫の絵でも、一句目とは構図も登場人物も違います。
こちらは少年で、猫と一緒にオリオンを見つめている澄んだまなざしが伝わってくるかのようです。

〈猫抱いて「おはよう」という寒の朝〉

抱かれている猫はべつにあいさつはしません。きょとんとして抱かれているばかりです。その表情が実にかわいい句です。

〈我が猫が春のすきまを通りけり〉

「夏への扉」を探す猫もいれば、春のすきまを軽やかに通り抜ける猫もいます。

〈仔猫飲む小さき舌を水にのせ〉

ぴちゃぴちゃと音を立てて水を飲む猫のさまはよく詠まれていますが、ほとんどの句集のタイトルに「猫」が入る猫好き俳人らしい観察です。

今夜開店猫の質屋が横丁に

佐藤清美《さとうきよみ》

横町にいよいよ猫の質屋がオープンすることになりました。片メガネをかけた、ちょっと癖のありそうなあるじです。ダヤンという片目の猫のキャラクターが似合いそうな役でしょうか。

猫の質屋ですから、客も猫たちなのでしょう。いったいどんな品を質入れに来るのでしょう。

〈家々に猫ゐて銅の月を挙げ　（深代響《ふかしろひびき》）〉

同じファンタジー系の絵でも、これはさらに謎めいています。

どの家の屋根にも猫がいて、とりどりの大きさの銅製の月を掲げています。

なぜ銅の月を挙げているのか、何かの祝祭なのか、言葉数の少ない俳句はそれ以上の説明をしません。

謎めいた、忘れがたい絵です。

猫がいてあれは猫の木秋の暮　坪内稔典

連作のなかの一句ですが、句集『猫の木』の表題句にもなっています。名前のわからない木の股に、猫がでんと座っています。この木はわが領土なり、と言わんばかりのふてぶてしさで、とうとうその木は猫の木ということになってしまいました。

〈十月の木に猫がいる大阪は〉

これも同じ猫でしょう。大阪のふてぶてしさやたくましさを一身に集めたかのような面構えです。この木にあの猫がいれば大阪は安心だと錯覚するほど、猫は世界の中心にしっかりと居座っています。

〈六月の木よ鈴なりの猫の耳〉

〈猫の木のどれも舌出し六月は〉

元句があったりもするのですが、素直に奇想を楽しむのがいいでしょう。猫の耳でも舌でも、祝祭的なイメージが浮かんできます。

サンタ或いはサタンの裔《すえ》、我は牡猫

高山《たかやま》れおな

『俳諧曾我』はやりたい放題の楽しい句集でした。七冊の合冊のなかに、シャルル・ペローの「長靴をはいた猫」へのオマージュの連作「侯爵領」が含まれています。表題句はそのなかの一句です。

大見得を切る牡猫ですが、サンタとサタンは音こそ似ていますが、まるっきり性格が違います。猫らしくいい加減な口上に爆笑です。

〈考へる勿《なか》れ、と猫は言ふ。麦に風　雲に鳥〉

次なる猫は哲学者です。猫を哲学者に見立てた句はいくつかあるのですが、哲学者としての猫の教えはこの「考へる勿れ」に尽きるでしょう。

青々と実った麦に風は吹き、流れる空の雲を目指して鳥が舞っています。こんなに世は満ち足りて喜びに満ちているのに、何を考え、思い煩うことがありましょうか。猫のように考えることをやめ、のんびりと昼寝でもするのがいちばんです。

春夏秋冬かきわけかきわけかがやく猫

早瀬《はやせ》恵子《けいこ》

蛇腹の風変わりな句集『こねこ村』には自在で楽しい猫俳句がたくさん収められています。表題句では、夏への扉どころか、季節をかきわけているうちに猫はきらきら輝く存在になってしまいました。

〈くれないのサインコサインあくび猫〉

〈猫の目のくるくるしゃんの帝都かな〉

猫のかろやかな越境ぶりを楽しむ句です。意味などという野暮なもので動きを止めてしまったらつまりません。

〈原宿のはしからはしから猫の舌〉

あっけにとられているうちに、本当に原宿の街に猫の舌があふれてきそうです。

〈春とんでクレヨン　ぱっと猫〉

即興で描かれたクレヨン画の猫は、ぱっと読者の前に現れてきそうです。

猫と暮らして唄へばほのと冬菜畑《ふゆなばた》

北原志満子

キャット・ミュージアムの締めくくりは、パステル画ではなく水彩画の名作をごらんいただきます。

冬菜、たとえば白菜のずっしりした質感と、猫のいる暮らしの充足感。それが悦ばしく響き合っています。

ぎらぎらした夏の光ではなく、ほのかな冬の光に照らされた冬菜畑。それをぼんやりと見ている猫と、鼻唄を唄っている飼い主。

とくにどうということのない、何でもないような風景ですが、それはこの上なく幸せで贅沢なものなのかもしれません。

「ほのと」のひと言が効いている句。ささやかな奇蹟のように現れた冬菜畑の光景をとくとごらんください。

では、お出口はあちらです。扉を開ければ、そこにも猫が待っているかもしれません。

あとがき

『怖い俳句』『元気が出る俳句』に続く、俳句アンソロジー第三弾もなかなかの難事業でした。

今回は「感情の博物誌」ではなく、「猫」という具体的なテーマですから、少しは楽かと思いきや、大変さには変わりがありませんでした。

「あらゆる町から、かわいい猫たちを集結させよ」

そのようなおよそ無理な密命を受けたかのようで、作業は難航しました。とにもかくにも、多くの猫俳句を収集することにしました。所持している句集から始め、片っ端から俳句に当たって、「猫」もしくは「ねこ」あるいは「ネコ」を探しました。

植物の猫じゃらし、鳥の海猫、虫の斑猫などに始まり、たくさんのトラップに遭遇しました。疲れてくると、獣篇の漢字がすべて猫に見えてきます。仔細が仔猫に見えたりするのは序の口で、蕗《ふき》の薹《とう》が猫の墓に見えてくるなど、それはそれは恐ろしい空目地獄にいくたびも陥りました。いた、と思ったら「ねころんで」だったり、「ねんねこ」だったり、多数のまぼろしの猫を捕獲しました。

こうして集めた猫俳句を分類し、執筆を進めてようやく本書が完成しました。ノートに書き記したものの、分類の流れで採用できなかった句もたくさんあります。筆者の目の届かないところに隠れている猫もまだまだいるでしょう。そういった捕獲できなかった猫たちとその作者に、この場を借りておわびしたいと思います。

では、本書が読者にとって心安らぐ一冊分の猫カフェのごときものにならんことを。また、できうれば広大な俳句の海へと漕ぎ出す最初の一冊にならんことを。

最後に、俳句文学館、国立国会図書館などの図書館施設、いつもながら貴重な助言をいただいた幻冬舎の志儀保博さん、そして、わが家の三匹の猫たち、りる、こむぎ、ゆきに謝意を表します（脱稿後に男の子が増えて四匹になりました）。

二〇一六年十一月

倉阪鬼一郎

表題句引用文献一覧

＊タイトルの「句集」はカット。

第1章　子猫パラダイス

『富安風生全句集』（角川書店）／室生幸太郎編『日野草城句集』（角川書店）／加藤楸邨『猫』（ふらんす堂）／丸山一彦校注『新訂一茶俳句集』（岩波文庫）／『現代俳句の世界1　高濱虚子集』（朝日文庫）／『内田百閒全集』（講談社）／『現代女流俳句全集　第二巻』（講談社）／『久保田万太郎全句集』（中央公論社）／丸山南石『猫神』（竹発行所）／照屋眞理子『やよ子猫』（角川書店）／磯村光生、いそむら菊『ねこ』（あひる書房）／北溟社編『新現代俳句最前線』（北溟社）／北溟社編『新現代俳句最前線』（北溟社）／小沢昭一『俳句で綴る変哲半生記』（岩波書店）／『現代女流俳句全集　第六巻』（講談社）

第2章　猫のからだ

『現代女流俳句全集　第一巻』（講談社）／『現代俳句文庫75　仁平勝句集』（ふらんす堂）／村松友視『猫踏んぢゃった俳句』（角川学芸出版）／『現代俳句の世界3　川端茅舎　松本たかし集』（朝日文庫）／『現代俳句の世界15　森澄雄　飯田龍太集』（朝日文庫）／『現代俳句文庫49　大井恒行句集』（ふらんす堂）／石田燦子『猫つぐら』（本阿弥書店）／北溟社編『新現代俳句最前線』（北溟社）／金子敦『猫』（ふらんす堂）／松尾洋司『猫のひげ』（朝日出版社）／内野聖子『猫と薔薇』（創風社出版）／きむらけんじ『昼寝の猫を足でつつく』（牧歌舎）／『セレクション柳人9　筒井祥文集』（邑書林）／仲寒蟬『巨石文明』（角川学芸出版）／桑原三郎『夜夜』（現代俳句協会）／『俳句航海日誌　清水昶句集』（七月堂）／関根喜美『子猫のワルツ』（ふらんす堂）／坂本真理子『童話の猫』（牧羊社）／鳴戸奈菜『永遠が咲いて』（現代俳句協会）／週刊俳句＝編『俳コレ』（邑書林）／皆吉司『揺れる家の構図』（ふらんす堂）／大木あまり・藤木魚酔『猫　200句』（ふらんす堂）／豊口陽子『藪姫』（風蓮舎）／『現代俳句の世界11　橋本多佳子　三橋鷹女集』（朝日文庫）／『セ

レクション俳人プラス　超新撰21』（邑書林）／『セレクション俳人15　中原道夫集』（邑書林）／北溟社編『新現代俳句最前線』（北溟社）／『現代俳句協会コレクション・8　豈』（現代俳句協会）／『現代俳句の世界16　富澤赤黄男　高屋窓秋　渡邊白泉集』（朝日文庫）／佐藤和夫『猫もまた』（永田書房）／石田京愛『猫の恋』（遍照叢書）／『[花神現代俳句]北原志満子』（花神社）／週刊俳句＝編『俳コレ』（邑書林）／池田澄子『ゆく船』（ふらんす堂）

第3章　猫のしぐさ

室生幸太郎編『日野草城句集』（角川書店）／吉田小机『猫』（宝文館出版）／林柚香『猫』（耕文社）／松本恵子『猫と私』（日本猫愛好会）／『現代俳人文庫11　皆吉司句集』（砂子屋書房）／糸山由紀子『猫曼陀羅』（海程新社）／下坂速穂『眼光』（ふらんす堂）／『セレクション俳人07　岸本尚毅集』（邑書林）／『現代女流俳句全集　第一巻』（講談社）／石原朗子『猫漫画』（ウエッブ）／北溟社編『新現代俳句最前線』（北溟社）／鈴鹿百合子『猫贔屓』（東京四季出版）／『山﨑富美子全句集』（角川書店）／久保田紺『大阪のかたち』（川柳カード）／『橋閒石俳句選集』（沖積舎）／『現代俳句の世界7　石田波郷集』（朝日文庫）／こしのゆみこ『コイツァンの猫』（ふらんす堂）／『[花神現代俳句]黛執』（花神社）／島一木『都市群像』（まろうど社）／週刊俳句＝編『俳コレ』（邑書林）／石田榮子『猫つぐら』（本阿弥書店）

第4章　さまざまな猫たち

『現代俳句の世界1　高濱虚子集』（朝日文庫）／明隅礼子『星槎』（ふらんす堂）／秦夕美『深井』（ふらんす堂）／『現代俳句の世界15　森澄雄　飯田龍太集』（朝日文庫）／村松友視『猫踏んぢゃった俳句』（角川学芸出版）／長岡裕一郎『花文字館』（ふらんす堂）／鳴戸奈菜『天然』（深夜叢書社）／『セレクション俳人プラス　超新撰21』（邑書林）／正木ゆう子『悠』（富士見書房）／『最初の出発　第三巻』（東京四季出版）／『最初の出発　第四巻』（東京四季出版）／久保純夫『光悦』（草子舎）／磯村光生、いそむら菊『ねこ』（あひる書房）／磯村光生、いそむら菊『ねこ』（あひる書房）／妹尾健『洛南』（文學の森）／

岩合光昭『猫の恋＋猫句（選句：石寒太）』（毎日新聞社）／中村俊定校注『芭蕉俳句集』（岩波文庫）／『現代俳句の世界13　永田耕衣　秋元不死男　平畑静塔集』（朝日文庫）／週刊俳句＝編『俳コレ』（邑書林）／『能村登四郎全句集』（ふらんす堂）／『富安風生全句集』（角川書店）／青山茂根『Babylon』（ふらんす堂）／岡野イネ子『猫と女』（私家版）／『横山房子全句集』（角川書店）／『現代俳句の世界3　川端茅舎　松本たかし集』（朝日文庫）／武藤雅治『かみうさぎ』（六花書林）／白石冬美『猫のしっぽ』（河出書房新社）／『セレクション柳人番外　草地豊子集』（邑書林）

第5章　猫がいる暮らし

俳句ウェブマガジン「スピカ」／大木あまり・藤木魚酔『猫　200句』（ふらんす堂）／北村紅恥庵『恋猫』（東京四季出版）／『碧梧桐全句集』（蝸牛社）／戸辺好郎『猫のうた』（新葉館出版）／玉利三重子『猫のひげ』（葉文館出版）／『上甲平谷俳句集成』（谷沢書房）／『現代女流俳句全集　第四巻』（講談社）／吉住達也『猫のポー』（なでしこ出版）／藤原月彦『貴腐』（深夜叢書社）／『現代俳句の世界3　川端茅舎　松本たかし集』（朝日文庫）／宗田安正編『現代俳句集成　全一巻』（立風書房）／明隅礼子『星槎』（ふらんす堂）／齋藤愼爾＝編集『二十世紀名句手帖4［動物］篇　動物たちのカーニバル』（河出書房新社）／筑紫磐井『我が時代　―二〇〇四～二〇一三―〈第一部・第二部〉』（実業公報社）／手塚美佐『猫釣町』（角川書店）／久保より江『より江句文集』（京鹿子発行所）／松本恵子『猫と私』（日本猫愛好会）／北溟社編『新現代俳句最前線』（北溟社）／宗田安正編『現代俳句集成　全一巻』（立風書房）

第6章　猫がいる風景――キャット・ミュージアム

『村上鬼城全集　第一巻俳句篇』（あさを社）／『現代俳句文庫15　大峯あきら句集』（ふらんす堂）／『橋閒石俳句選集』（沖積舎）／高橋龍『平成月次句集』（騎の會）／『石原八束全句集』（角川書店）／『原石鼎全句集』（沖積舎）／『現代俳句大系　第四巻』（角川書店）／加藤楸邨『猫』（ふらんす堂）／『加藤知世子全句集』（邑書林）／『現代俳句の世界9　西東三鬼集』（朝日文庫）／『野澤節子全句集』（ふらんす堂）／照屋眞理子『やよ子猫』（角川書店）／大木

あまり・藤木魚酔『猫　200句』（ふらんす堂）／糸山由紀子『猫曼陀羅』（海程新社）／石寒太『日めくり猫句』（牧野出版）／岩淵喜代子『白雁』（角川書店）／大木あまり・藤木魚酔『猫　200句』（ふらんす堂）／安達昇『猫の目』（三元社）／北村周子『ペルシャ猫』（牧羊社）／藤本始子『白猫』（文學の森）／『現代俳句文庫4　栗林千津句集』（ふらんす堂）／『セレクション俳人プラス　超新撰21』（邑書林）／金子敦『猫』（ふらんす堂）／青山久住『オリオンの猫』（碧天舎）／佐藤清美『月磨きの少年』（風の花冠文庫）／『現代俳句文庫1　坪内稔典句集』（ふらんす堂）／高山れおな『俳諧曾我』（書肆絵と本）／早瀬恵子『こねこ村』（弘栄堂書店）／『花神現代俳句』北原志満子』（花神社）／『現代俳句一〇〇人二〇句』（邑書林）

参考文献一覧

事典・辞典・歳時記など

＊多く参照したもののみ記載。

現代俳句協会編『現代俳句歳時記』(現代俳句協会)／『俳句研究』別冊『現代俳句辞典　第二版』(富士見書房)／『俳句年鑑』(角川書店)

叢書・アンソロジー

＊多く参照したもののみ記載。

『増補現代俳句大系』全十五巻(角川書店)／『現代俳句集成』全十九巻(河出書房新社)／『現代女流俳句全集』全六巻(講談社)／『現代俳句の世界』全十六巻(朝日文庫)／『現代俳句文庫』(ふらんす堂)／『花神コレクション［俳句］』(花神社)／『花神現代俳句』(花神社)／『セレクション俳人』(邑書林)／『セレクション柳人』(邑書林)／北溟社編『新現代俳句最前線』(北溟社)／『最初の出発』全四巻(東京四季出版)／宗田安正編『現代俳句集成』全一巻(立風書房)／宇多喜代子、黒田杏子編『女流俳句集成』全一巻(立風書房)／齋藤愼爾＝編集『二十世紀名句手帖4［動物］篇　動物たちのカーニバル』(河出書房新社)／『セレクション俳人プラス　新撰21』(邑書林)／『セレクション俳人プラス　超新撰21』(邑書林)／週刊俳句＝編『俳コレ』(邑書林)／村松友視『猫踏んぢゃった俳句』(角川学芸出版)／岩合光昭『猫の恋＋猫句(選句：石寒太)』(毎日新聞社)／石寒太『日めくり猫句』(牧野出版)／堀本裕樹、ねこまき(ミューズワーク)『ねこのほそみち　春夏秋冬にゃー』(さくら舎)／『耀「俳句空間」新鋭作家集Ⅱ』(弘栄堂書店)

表題句以外の句集

＊俳句の引用があるもののみ記載（ただし叢書は略。表題句引用文献と重複する書名も略）。掲載順。タイトルから「句集」をカット。

『自選守屋明俊句集』（教育評論社）／鈴木鷹夫『カチカチ山』（角川書店）／金子敦『砂糖壺』（本阿弥書店）／金子敦『乗船券』（ふらんす堂）／山本敏倖『句集　天韻』（ながらみ書房）／『俳句の魅力　阿部青鞋選集』（沖積舎）／『三橋敏雄全句集』（立風書房）／松本旭『鼓の緒』（本阿弥書店）／遠藤若狭男『旅鞄』（角川書店）／伊丹三樹彦『存命』（角川学芸出版）／坪内稔典編『漱石俳句集』（岩波文庫）／暮尾淳『宿借り』（風の花冠文庫）／森須蘭『蒼空船』（ふらんす堂）／松林尚志『冬日の葉』（角川書店）／『桂信子全句集』（ふらんす堂）／宮ノエル『猫相撲』（北溟社）／秦夕美『五情』（ふらんす堂）／齋藤愼爾『永遠と一日』（思潮社）／鳴戸奈菜『微笑』（毎日新聞社）／『宇多喜代子俳句集成』（KADOKAWA）／波戸岡旭『天頂』（ふらんす堂）／『星野紗一全句集』（東京四季出版）／久保純夫『フォーシーズンズ＋＋』（ふらんす堂）／『山田弘子全句集』（ふらんす堂）／石橋登美雄『猫と住む』（あさを社）／鈴木素風・横山鮎子『仔猫』（青泉社）／黛まどか『B面の夏』（角川書店）／桑原三郎『魁星』（ふらんす堂）／中山美樹『Lovers』（邑書林）／五十嵐進『いいげるせいた』（霧工房）／前田圭衛子『ニッポニア・ニッポン』（現代俳句協会）／高橋龍『飛雪』（高橋人形舎）／金子敦『冬夕焼』（ふらんす堂）／青山久住『夏のカレイドスコープ』（碧天舎）／深代響『雨のバルコン』（風の花冠文庫）

俳句以外

『【決定版】図説忍者と忍術』（学習研究社）／梶井基次郎『愛撫』（青空文庫）／山根明弘『ねこの秘密』（文春新書）／ロバート・A・ハインライン、福島正実訳『夏への扉』（ハヤカワ文庫SF）／多田茂治『野十郎の炎』（弦書房）

ウェブサイト

国立国会図書館サーチ／俳句ウェブマガジン「スピカ」

著者略歴

倉阪鬼一郎《くらさかきいちろう》

一九六〇年三重県生まれ。
早稲田大学第一文学部卒。作家・俳人・翻訳家。
『地底の鰐、天上の蛇』でデビュー。
『赤い額縁』（幻冬舎）を刊行後、ミステリー、ホラー、
幻想小説、時代小説など多彩な作品を精力的に発表する。
句集は『アンドロイド情歌』（マイブックル）、
『魑魅』『悪魔の句集』（ともに邑書林）、
『怪奇館』（弘栄堂書店）の四冊。
「俳句空間」の新鋭投句欄を経て「豈」同人、
故攝津幸彦主宰の歌舞伎町句会に参加。
現代俳句協会会員。
ほかに『怖い俳句』『元気が出る俳句』（ともに幻冬舎新書）、
『田舎の事件』『活字狂想曲』『白い館の惨劇』（いずれも幻冬舎）など著書多数。

幻冬舎新書 448

猫俳句パラダイス

二〇一七年一月三十日　第一刷発行

著者　倉阪鬼一郎
発行人　見城　徹
編集人　志儀保博

発行所　株式会社 幻冬舎
〒一五一-〇〇五一 東京都渋谷区千駄ヶ谷四-九-七
電話 〇三-五四一一-六二一一（編集）
〇三-五四一一-六二二二（営業）
振替 〇〇一二〇-八-七六七六四三

ブックデザイン　鈴木成一デザイン室

印刷・製本所　中央精版印刷株式会社

Printed in Japan　ISBN978-4-344-98449-3 C0295

く-5-3

幻冬舎ホームページアドレス http://www.gentosha.co.jp/

*この本に関するご意見・ご感想をメールでお寄せいただく場合は、comment@gentosha.co.jp まで。

GENTOSHA

幻冬舎新書

怖い俳句
倉阪鬼一郎

世界最短の詩文学・俳句は同時に世界最恐の文芸形式でもある。短いから言葉が心の深く暗い部分にまで響く。ホラー小説家・俳人の著者が、芭蕉から現代までをたどった傑作アンソロジー。

元気が出る俳句
倉阪鬼一郎

打ちひしがれたとき、ほっこりしたいとき、夢見る気分に浸りたいとき、誰かにそっと背中を押されたいとき……ここで紹介される1000を超える俳句が、ハリ治療のようにすぐに心に効きます。

句会で遊ぼう
世にも自由な俳句入門
小高賢

もともと「座の文芸」と言われる俳句。肩書き抜きでコミュニケーションを楽しめる句会こそ、中高年に格好の遊びである。知識不要、先生不要、まずは始めるが勝ち。体験的素人句会のすすめ。

天皇「生前退位」の真実
高森明勅

平成28年8月、天皇が「平成30年に生前退位したい」と国民に緊急メッセージを発した。それを叶えるには皇室典範の改正しかない。天皇・神道研究の第一人者が世に問う「皇室典範問題」のすべて。

高橋一喜
絶景温泉100

雪山を180度のパノラマで楽しめる十勝岳温泉、干潮時だけ姿を現す幻の水無海浜温泉、火山の島に湧く波打ち際の野天風呂東温泉など、全国3500の温泉から〈絶景温泉〉を厳選し魅力を詳述。

野瀬泰申
文学ご馳走帖

志賀直哉『小僧の神様』で小僧たちが食べた「すし」とは？　夏目漱石『三四郎』が描く駅弁の中身とは？……文学作品を手がかりに、日本人の食文化がどう変遷を遂げてきたかを浮き彫りにする。

中村圭志
教養としての仏教入門
身近な17キーワードから学ぶ

宗教を平易に説くことで定評のある著者が、日本人なら耳にしたことのあるキーワードを軸に仏教を分かりやすく解説。仏教の歴史、宗派の違い、一神教との比較など、基礎知識を網羅できる一冊。

森博嗣
作家の収支

38歳で僕は作家になった。以来19年間で280冊、総発行部数1400万部、総収入15億円。人気作家が印税、原稿料からその他雑収入まで客観的事実のみを赤裸々に開陳。掟破りの作家の経営学。

幻冬舎新書

近藤勝重

必ず書ける「3つが基本」の文章術

文章を簡単に書くコツは「3つ」を意識すること。これだけで短時間のうちに他人が唸る内容に仕上げることができる。本書では今すぐ役立つ「3つ」を伝授。名コラムニストがおくる最強文章術!

出口治明

人生を面白くする 本物の教養

教養とは人生を面白くするツールであり、ビジネス社会を生き抜くための最強の武器である。読書・人との出会い・旅・語学・情報収集・思考法等々、ビジネス界きっての教養人が明かす知的生産の全方法。

長沼毅

辺境生物はすごい! 人生で大切なことは、すべて彼らから教わった

人類にとっては極地、深海、砂漠などの辺境は過酷で特殊な場所だが、地球全体でいえばそちらのほうが圧倒的に広範で、そこに棲む生物は平和的で長寿で強い。我々の常識を覆す科学エッセイ。

中条省平

マンガの論点 21世紀日本の深層を読む

10年前すでに戦争とテロと格差を描いていたマンガを論じることは世相を読み解くことだ。『デスノート』『闇金ウシジマくん』『鋼の錬金術師』他この10年の数百冊から現代日本を探る。